岩　波　現　代　文　庫

# 霧の犬

## a dog in the fog

辺見 庸
*Yo Hemmi*

文芸 331



岩波書店

# 目次

# カラスアゲハ

野の果てか海の果てを、ふたりして裸でゆらゆら流れていた。ずりあげ、さいなみ、さいなまれ、めくり、めくりかえされ、ときどき、迫りだし、もつれあい、またただよっていたそのとき、不意に、「あっ、ジコウが落ちた」と上がつぶやいた。「ぼろっと、右からよ。信じられない。ビー玉ほど大きいのよ。ああ……音がつうじた。耳栓をはずしたみたい。これ、聞こえすぎだわ」。入り江から這いあがってくる風の低い唸り声が、さっきよりはげしく二階の窓をふるわせている。上がおもう。入り江沿いに生えるケカモノハシが風に薙ぎはらわれて這いつくばっているのだわ。穂と穂がすりあって、さりさりと鳴いているのだわ。コウボウシバもひょーひょーとそよいでいるのだわ。イネに似てイネではない、つまらない草どうしがこすれ、縒《よ》れ、からまりあい、いくほんかの茎が、どれも陸の方向におじぎをし、深々とおじぎしすぎてポキッと折れたところからは苦い汁を、シーシーと滲みだし、そこにひとつかみほどの砂が、人骨が砕けて摺りおろされたのと珪砂がごっちゃになって、もうどれがどれかもわからなくなって、いっしょになって銀色に光りながらサラサラと舞いちっているだろうな。かつてだれかのこめかみだったもの。かつて骨迷路だったもの。かつて砧骨《きぬたこつ》だったもの。そこで聞かれた、草のこすれ。海の谺《こだま》。悦びでも悲しみでもない粒子たちが、狂ったように縦横に燦めいているのが聞こえるようだ。光と影にまとわって、音ならぬ音、においならぬにおいがこの部屋にまでただよってくる。部屋は入り江を見おろす高台にある。部屋には、窓際に、塗りのはげた六角錐の木箱がおかれていて、てっぺんの穴に薄紫のノアザミが生けてある。女が瓦礫の原からバラバラになったマホガニー材をひろってきて、接着剤で貼りあわせていたら底辺のない六角錐の箱になった。中身はない。空っぽ。なんのための箱かはわからない。影絵になると、魔法使いのとんがり帽子。見ようによっては墓標。時計か時計台。あるいはメトロノーム。メトロノームだとしても、肝心の振り子も錘もゼンマイもない。なんの役にもたたない。それがいまリズムをきざんでいる。上は聞く。聞こえる。カチカチカチカチ、カチカチカチ、カチカチカチカチ、１２３４、１２３４、１２３４……。上は馬のりのまま上体を窓側にひねり、カチカチにあわせ鼻唄をうたいながら、落ちたものをさがしているようす。ジコウというものを。下はひっくりかえった亀のように首をもたげてみる。なんのことだかよくわからない。下にはメトロノームが聞こえていない。なにがどうしたというのか。なんのことだかよくわからないことがよくある。わかりかねることだらけ。日に日をつぎ、夜に夜をつぐ斑《まだら》の夢。境目のぼやけた、まだらな現《うつつ》。だが、耳が聞こえると言われれば、上とからだがつながっているものですから、なんだか音がからだをおりてきて、下は、じぶんの耳も聞こえがよくなった気がする。

上下はひとしきりからまってから、ほぼどうじに腰のうごきをとめて、上と下とでそれぞれじっと耳をすます。やがて、上は、剃刀の一閃のように鋭く薄いカマイタチの無音を、下は潮騒の遠音を耳にしたようにおもう。それから、どこかで銀色の投網が燦爛とかがやく光のなかに打たれ、網が楕円に開き、着水するパシャッという音も。波紋。だいじょうぶ。なんでもないことだ。根拠もわけもありはしない。音と光はどこにでもある。どこかで、うつぶせの屍体がいまごろになって浮かんでくる音もする。腹腔と胸腔がガスでいっぱいになって水底からゆっくりと水面に浮かんでくるブクブクブクという音。泡。三年ごしの泡と音。なんでいまごろになって？　と、おもわないでもない。でもいい。錯覚かもしれないのだし。音と光の気配から、ほんのかすかに兆すものをかんじようとする。あるいは、なるたけかんじまいとする。おなじことだ。永遠に来ないものと、すでにおとずれてしまったもの、悲しみと気疎《けうと》さ、存在と不在、有と無とを、無意識に区別してみようとするけれども、このばあい、上も下もどちらもなのですが、異なった二項をはっきりとわけることができない。たとえば、屍体は泳がない。けれども、屍体も泳ぐ。ふたつの区別があいまいである。まして、夜の入り江なら、屍体は水音もたてずに顔を赤錆の浮かぶ水面からぽかっとだしてブレストで泳ぐことがある。その口は石をくわえている。石をくわえていないこともある。ただ、死者だって夜にはどこかへと泳いでいこうとするものだ、と下はいつか上に言ったことがある。上はけだるい声で「そうなの?」と、同意だか不同意だかはっきりとしない反応をしたものだ。同意と不同意にそれほどの差があるだろうか。入り江のケカモノハシが風にぞうぞうと薙ぎはらわれている。六角錐の木箱が影と音を中継している。

落とした耳垢をさがしながら上が言う。「素速いのよ。耳からカナギッチョがするっと逃げていったみたいに。あなたカナギッチョって知ってる?」。下は、ふう、と意味のない吐息をもらす。どうじに腹から空気がぬけてチンチンが細り、チンチンの皮がちぢれ、一本のそれは肉の暗中で、言うならば、ひとり幼気《いたいけ》になってしまう。女はそれを見ずともかんじているが、幼気とまでは、はっきりとはおもっていない。ただ、細ったチンチンはどこかカナギッチョに似ているとふと直感したので、直感したままにカナギッチョと口走ったのだ。男はカナギッチョのことを多少は知っている。カナギッチョなんてしょうもないものだ。カナギッチョはこの地方の方言でカナヘビのこと。灰褐色の小さく細長いトカゲです。上が、首をかしげ、右耳にたまった水でもだそうとするように首を上下にうちふり、右手でこめかみの下あたりをたたく。ポンポン。おっぱいが波うつ。タプタプ。下にひびく。男の腹も揺れる。カナギッチョはね、捕まりそうになると尻尾をじぶんで切って逃げるの。自切《じせつ》よ。フェイントよね。切れた尾がひくひくうごいているのを、ひとがおどろいて見つめている間にさっと逃げるのよ。一生になんどもやるわけではない、たぶん一世一代の自切を、練習もせずにいっぱつでやってのけるのよ。尻尾は再生するけれども、再生した尾には骨がないの……。その切れた尾の端が、まだ耳孔に残ってひくひくしているのではないか、と上は気にしている。耳垢を気にしているのかカナギッチョの尻尾を案じているのか、はっきりとしない。ともかくも気にしながら、でも、すぐに忘れて、上は下にまたがったまま、なにかをだらだらとハミングしている。カチカチカチカチカチ。耳がよく聞こえる。三年ぶりに聞こえているのかもしれないわ。むむむむーむむむむーむむむむー。言葉のようなもの、メロディのようなものが、吐息にわずかにいりまじる。女の声がつたわってきて、チンチンの包皮がいじましく身じろぐ。上はそれに気づいており、やや、やるせないという感情に似たおもいになりかけるが、それも先細りし、すぐにとぎれる。べつになにかを言いたいというのではない。企図することもありませぬ。じぶんに問うてみても、慮っていることもとくにない。ふふふふーふむふむーむむむむー。「アメノーショポショポーフルパンニー……」。唄のような声になる。ご詠歌のような。すぐに声が消えてゆく。ペニスは上の肉の襞からもうぬけて、上の尻にひしゃがれている。

下はサトイモの葉の奥で虹色に光っているひとつぶの露を、まなうらに見ている。その露には過去、現在、未来、なんでも映っている、と下は子どものころ、祖父の妾でその後正妻になった小太りの義祖母におしえられて、ずっとそう信じていた。でも、サトイモの葉の露はあまりにも小さすぎて、なにが映っているのか、見えるひとにしか見えないのだ、と義祖母はかならずつけくわえた。つまり、見えないひとには、なにも見えない。見ようとしないひとにはなにも見えはしない。義祖母は世界でいちばんやさしくて、およそ時化《しけ》るということのない海原のようにおだやかなひとでした。けれども、みぞれふるある日の午後、いにしえの言い方に倣えば、おびただしく大なゐふること、にはかにはべりき。「さははべらぬか、これ、さははべらぬか」と下の男問へば、上の女こくこくうなづく。乾坤はげしく揺れて、風景が切り裂かれた。みんなの眼球がバリバリと割れて、風景が縦横に裂け、そこから水がおしよせてきた。瀬戸物屋のある大通りで、義祖母は乗っていた県営バスごと、子どもたちや、無数の瀬戸物とともに、真っ黒の大津波にのまれてどこかにいなくなってしまった。サトイモの玉露は、大津波の光景を以前から映していたのであろうけれど、見えるひとにしか見えないものだし、かりに見えたとしても、いつおそってくるのかはわからなかったのだろう。この入り江の町では三百五十人が亡くなった。屍体の大半は、いったんは沖にもっていかれ、沈み、また浮かび、ふくらみ、海流にのってただよい、入り江にあつまってきた。ボートが前に進めないほど、入り江はうつぶせた屍体でいっぱいになった。

　それからは、生き残った者はだれしも死生ゆくえさだめず、あるにもあらずなきにもあらずといった、なにかしら死生の間《かん》を茫々とさまよう心地なのです。有鱗目カナヘビ科のトカゲが異常繁殖したのはその大なゐの翌年だった。けれど、異常繁殖現象は、全国紙はもちろん、町長の飼い犬が死んだぐらいでも記事にしていたその地方の夕刊紙にも一回も載りはしなかった。カナギッチョはもともとこのあたりではごく見なれた生き物だったし、益にも害にもならず、乾いた犬の糞ほどにもとるにたりないものだったからです。カナヘビ異常繁殖のわけはわかってはいない。「なぜか」がわかっていないことは、あまりにもたくさんありすぎて、ひとびとは、もう「なぜか」を積極的にわかろうともしていなかった。みんな目も耳も鼻も心も疲れていた。大津波の後には、まれに強盗や人殺しがあっても、もうさほどの関心をあつめはしなかった。強盗や人殺しは本来おどろくべきことであり、不合理で無残なそれらにさっぱりおどろかないことじたい、なにがなしおどろくべき事態なのですが、ひとというのは、どうも驚倒や驚愕をなんどでもくりかえすことのできる生き物ではないらしく、少なからぬ者たちは大津波の後、まるで人生最大の労苦を終えたばかりのように疲れきり、すべての感情をとことんつかいきったかのように、なにごとにつけ無反応、無表情になっていたのだった。入り江の町のひとびとはもともと陰気で表情に乏しいと言われていたが、大津波の後には表情が洗われるか内側に吸いこまれるかして、ますます感情の模様のはっきりしない顔になっていた。大津波のためにその地方に古くからあった堤防だけでなく、ひとびとの感情の堰《せき》も大なり小なり決壊していたのです。

でも、カナヘビたちは元気でした。カナギッチョはさかんにハエを食い、カを食い、コオロギを食い、ガを食い、チョウを食った。カナギッチョは藪かげといわず、道のまんなかといわず、神社の階《きざはし》といわず、ところかまわず交尾をし、腹がパンパンに大きくなったカナヘビがいたるところを這いずり、流木の下や瓦礫の隙間や流れてきた蔓《かつら》やヘアピース、ベークライトのお椀、飯盒、旧陸軍の色あせた軍帽のなかなど、あちらこちらで小指の先ほどの白っぽい卵を産みつけた。軍帽は、津波にさらわれ色あせる前には、男の義祖母が「国防色」と呼んでいたカーキ色をとどめていたのですが、海から陸にうちあげられてカナギッチョの巣になったころは、カナギッチョとおなじ柴色《ふしいろ》に色褪せていて形もくずれ、それがかつて軍隊の制帽として満州で男の祖父の頭にかぶられていたことはおろか、まるみをおびて凹み、いくつかのトカゲの卵をあたためているなにか惨めったらしいそのものが、布なのかそれとも土くれなのかさえはっきりとしなくなっていた。カナギッチョは増えに増えたので、靴底にふまれ、車にひかれ、台車にひかれ、自転車にひかれ、トロッコにひかれ、電車にひかれた。それでも小さなトカゲたちはいっこうに減りはせず、トビやカラスやモズが、乗り物にひかれて影のようにペチャンコになって死んだのや瀕死のカナギッチョではなく、ピキピキと生きのよいやつや、孵卵したての柔らかいカナヘビを雛鳥のために好きなだけついばむことができた。空気はいちじるしくトカゲ臭く、腥くなりました。ひとびとはそのにおいに気づいていなかったわけではありませんが、腥いどころではなくもっと手に負えない、腐った魚の血、油性塗料、バニラアイス、焼き餃子、魚粉飼料、クジラの脂、ヒサカキ……などをまぜてとろとろと煮こんだような、とうてい名づけがたい腐爛屍体のにおいをなんども嗅いだり吸ったりしたことがあったため、カナギッチョのにおいなど話題にもならなかったのは当然といえば当然でした。カナギッチョは秋にはモズの速贄《はやにえ》となって、ボケやクリの木の枝や有刺鉄線に突き刺され、磔に処されました。磔になったまま、まだしぶとく尻尾をうごかしているのや、皮も肉も標本のように乾ききったのもあった。男は、入り江近くの廃墟を囲んでいた有刺鉄線に、五匹ものカナヘビがいずれも頭を上にして、中世の異端者のように並んで磔にされているのを見たことがある。やはりまったくニュースにはならなかったのですが、そのあたりでは夜にはしばしば闇に透きとおるサクラガイ色のヒトダマがぼーぼーと飛びまわりました。新聞は風聞や迷信を記事にしているという批判を避けたかったようだし、テレビはそもそも放送できるほど鮮明な映像を撮ることができなかったのと、やはり非科学的なヒトダマ放送をすることで被災の現実をホラー映画のようにまがまがしくフィーチャリングしているという視聴者からの非難をうけたくなかったようだ。にしても、そのあたりでは、ヒトダマはかならずしもよそ様に誇るものではなかったにせよ、めずらしいものでも怖いものでもなく、既視感をともなう、なにか懐かしみを誘う現象かその幻影であった。

女も男も、記憶のなかでの色と形は多少ちがったけれども、なんどかヒトダマを見たことがある。闇夜をぼうっと薄紅色に彩る美しい透明な炎《ほむら》。それはそれだけのものであって、そこからなにごとかを読みとることのできる形象ではなかった。速贄だって、もちろん、見たことがある。そんなものはどこにでもある。ボケの木の枝に刺さったカナギッチョ。大きく開いた口から枝の先がのぞいていた。女の記憶では、かっと開いたカナヘビの口の先で、きららかな銀色の海面が小山のようにもりあがり、その麓にあたる海原は黒く陥没し、上空をカラスたちが舞っていた。海のきらめきは慰めではなく、入り江に映る影法師は不祥ではない。カナヘビの磔は悲惨ではない。ただそれだけの、ときどきに移ろう光と影と形。女はそうおもっていた。

上になった女、零子と下の男、年夫はふたたびつながって、あおりあおられながら、ひとしきり、この世の終わりかはじまりにかんけいするらしいことを、こまぎれに話しあっていた。宇宙の最終状態としてイメージされている「熱的死」の情景とか、その状態に近づくことはできるけれども、到達することは理論的に不可能という摂氏マイナス二百七十三・一五度という温度の感触などについて、とても雑ぱくに気まぐれに。しかし、そんなことをとくに熱心に議論したり語りあったりしたわけではなく、とぎれとぎれに、呻いたり、小さく叫んだり、「ボア」「ホウキボシ」「低温死」「コールドデス」「ペッチョ」「クソ！」などという、なにやら単語らしい発音を譫言《うわごと》のように脈絡なく上と下とで発声したりしているうちに、すぐにそれにも倦いてしまい、また大きくグイッとからだを突きあげたり、ひどく突きあげられたり、ツンツンと小さく刺したり刺されたり、けっこう達者な腰づかいをするのでした。にしても言葉は脳裡の風景にとどかず、光景にもあてはまらず、言えば言うほど、ずれて砕けて、ときたまベンガラ色の微小粒子となって散らかったりするばかりで、その粒子がふたりの目の奥でステンドグラスのかけらのように乱反射することはあっても、ひとつにまとまったり収斂したりすることはなかった。あの大なゐと大津波が、終わりだったのか、はじまりだったのか——は詰められることなく、あれは終わりでもはじまりでもあり、終わりでもはじまりでもないと、結論めくものは留保されたままだった。そして、なにもかもすべてばかげている……という崩れた寒天のようなおもいだけが尾をひいた。ふたりはそうやって、ずっと交わっていた。なにをしているのかもわからずに、交わっていた。ふたりは揺れた。なゐの余震のように、揺れた。上は揺れて、ときおり眩暈をかんじた。だいじょうぶ、いまにはじまった眩暈ではなく、ずっと眩暈がしていたのだわ、とおもった。からだのなかに、言葉ではなく、言葉のない、おぼろなうえにも昏い入り江がじわりとにじみ、浮かび、なにかを孕んだ。ふたりはときどき「ハ」か「へ」か「ホ」の語頭子音に似た、喉音のような声か音を、そうとは意識せずにだしながら、相手に沈みこんだり、くぐりこまれたりしていた。

　その最中に、年夫はほんのりとなにかのにおいを嗅いだ。雨にぬるぬると濡れて、ところどころに苔のようなものが生えた古い板塀。板塀が発する、病んだ老人の小便のようなにおい。羽目板。二重丸に縦線一本、そして二重丸の外周に毛のようなものがつけられた、その地方ではおきまりの落書き。羽目板と羽目板にはさまったドバトの胸の和毛《にこげ》。あえかな、そのそよぎ。木造三階建てのジョロヤ。ジョロヤの褐色の板塀。節穴のぬけた板塀。あこぎな女将の金壺眼。聾者の娼婦。節穴からの光。そこからの風。そこからの声、汗、おしろい、体液。それらはいつ生じ、いつ消えたのか。大津波で消されたのか。いや、大津波のはるか前から消えていたのだ。混同してはならない。混濁してはいけない。じぶんに言いきかせているうちに、男の頭蓋に、一匹のけものがすべりこむ。強引というのではない。ふてぶてしいというのでもない。器用にするりと入りこむ。胴と尻尾の長い影絵。あれはハクビシンだ。額から鼻にかけて白い縦線のある、会陰《えいん》に麝香嚢《じゃこうのう》をもつジャコウネコ科の哺乳類。夜、それがひとりでひょっこりと山からおりてきたのだという。ハクビシンは瓦礫の原にあらわれて、あおむいていた手足の欠けた人間の屍体に寄っていき、さもいつくしむかのように、悲しむかのように、おのれの黒い首筋を、からだぜんたいをくねらせながら、屍体の顔から肩口にかけて、しきりにこすりつけていたという。年夫はそれを見たのではない。たしか、ひとから聞いたのだった。しかし、かれにそれを告げた者だって、ハクビシンの行動をじかにもくげきしたのかどうか。ハクビシンかどうかをたしかめたのかどうか。「じぶんが見た」と「だれかが見た」そして「じぶんが聞いた」と「だれかが聞いた」の異同を、そのあたりでは、ほとんどだれしもが、大なり小なり混濁していた。かりにそれがハクビシンだったとして、ハクビシンは水屍体……それだってわかったものではない。殴殺屍体でなかったとだれが証すことができるだろう……に、なにをしていたのか。死者を悼んでいたのかもしれない。そう言う者もいた。いや、ウジを食いにきたのだ。そういう者もいた。屍体には腹や首の皮がうねうねとうごいて見えるほど無数の虫がわいたり、たかったりするものだ。ハクビシンは植物食中心だが雑食性なのでウジかフナムシを食っていたのではないか。まさか仏さんを食っていたのではあるまい……。

まさか。結局、正確なことはなにもわからないのだ。そのなかで年夫の耳にのこっているのは「においづけをしてたんだろう」という推理であった。においづけ。なんのために？　そう問うのに意味はない。腐爛屍体は腐爛屍体であり、ハクビシンはハクビシンだった。もしくは飢えた野良犬だった。悼んでいたのか、食っていたのか、においづけをしていただけなのか。そんなことさえはっきりとしない。海岸ではなく街中の屍体についても、影絵のようにまつわる話があった。ぬばたまの闇にかくれて、屍体にだれかの影が馬乗りになっていた。濡れた上着の内ポケットをまさぐっていた。

財布を盗んでいたのだろう。べつの影はやはり馬乗りになって屍体から結婚指輪をはずしていた。指が腸詰めのようにふくらんで、はずそうにもはずせないのは、鋏で指ごとチョキンと切断していた。まさか。万一そのような影があったにせよ、土地の者ではありえない。影は打ち消されても、ひとびとの内側でもぞもぞとうごめいた。屍体にまたがった影は猫背にして無言で作業をしているさなかに、やおら、影を覗く者にふりかえることがあった。そうすると、影を覗く者はさっと視線をそらす。見なかったことにする。おもわなかったことにする。なかったことになる。あるにもあらずなきにもあらず。

そういうものだ。どうしてそこにそういうものがあるのか。六角錐の箱とその影絵だって、どうしてそこにそういうものがそんな形をしてあるのか。それがよく呑みこめない。存在の根がなくなっている。存在の根がひっこ抜かれたままだ。悼まれていたのか、食われていたのか、においづけをされていたのか、貶められていたのか、わからない。わからないままで、死は少しも絶えず、収束せず、いつまでも終息しない。屍体の口がじぶんのか、だれかのか、目玉をくわえていたという。だからどうしたというのだ。ひとの口がひとの目玉をくわえているのはどうにもおかしいということで、目玉は口からとりはずされた。だからといって、なにかがすくわれたわけではない。居場所がかわっただけです。ハクビシンだか野良犬だかの後には、カケスが飛んできて、屍肉をついばんでいたという話もあった。カケスはそのとき、ジェーではなく、ゲーッと鳴いていたという。死者を貶めていたのではない。ただ、そう鳴いただけだ。アカネズミが顔のあたりをごく気楽にあるいていた。それからハシブトガラスがやってきて、屍体の頭をつつき、巣作りのためか、髪の毛をひとたばぬいていった……。どこからどこまでがほんとうで、どのあたりが嘘なのか。ほんとうと嘘にはどれほどのちがいがあるのか。死と生ほどの落差があるのか。死と生にしたところで、さほどの劇的な変化があるものだろうか。年夫は腹に女をのせて、あおむいていた。どこまでつづくのだろうか。そうおもった。なにが？　なにがか、われながらわからない。どこまでつづいていくのか。

情景がかすめていった。ジョロヤの濡れた板塀の節穴から、じぶんが目にしたのか、だれかに移植された記憶なのか判然としない情景が、どろっとわいてでた。ＧＩがジョロヤの前にとめた緑色のジープから、文庫本ほど大きな板チョコとガムを惜しげもなく撒いている。娼婦たちも船乗りも年夫も年夫の妹も年夫の父母も、地べたに這いつくばって板チョコとガムを、われ先にととりあっていた。GIたちが真っ白い歯をみせて笑っていた。年夫は饐えたにおいのする浴衣の女を肘でおしのけた。娼婦はあおむけにたおれ、青い股を眩い浜の光に晒した。母の目が野良犬のように青光りしていた。嬌声が聞こえる。ジープから、なにか清潔な整髪料と洗いたてのシャツの、かつて嗅いだこともない洗剤の香りがして、年夫はうっとりとした。板チョコは気絶しそうなほど甘く、口のなかで夢みたいにとろけた。あのGIたちはジョロヤになにをしにきていたのか。そう問うのは、あの大津波がなんのためにきたのかを問うほど、いまとなってはつまらないことのようにおもわれた。しかし、ひとつひとつの窪み、ひとつひとつの影と翳り、ひとつひとつの声とその結び目、ひとつひとつのにおい、ひとつひとつの光、ひとつひとつの照りかえし、ひとつひとつの息と息の穂先、ひとつひとつの雲と雲間、ひとつひとつの裂け目、ひとつひとつの崖の傾斜、ひとつひとつの根と茎、ひとつひとつのみなぎりと滴り、ひとつひとつの草のそよぎとなびき……それら遠近《おちこち》にざわめくものすべてに、過去と未来をそれとなく指ししめそうとする気配があった。男はおもう。しかし、あれらにはなにもなかったのだな、ただすぎていっただけなのかもしれないな。

女はくねっていた腰をやすめて、聞こえるか聞こえないかのかすれ声でつぶやいた。

「遠くに逝ったひとのおもいは、なにかしら形をのこすものではないのかしら……」。

男は、女の言う「おもい」や「形」についてよくはつかみきれなかったけれども、いつもなにか説明のつかないものが、雨上がりのウラジロガシの樹皮に浮かんだり沈んだりする光の斑《ふ》や、その仄かな波線や鎖線のようなものが、目の奥か視界の外に見えている気がしているので、返事はしなかったけれど、上から垂れてくる女のつぶやきを抵抗なく胸にうけた。それから零子は上体をくの字にかがめ、年夫のうすい胸に右耳をあてがって、たぶんハクビシンのにおいづけのようなかっこうで、あるいは盗人の影のような姿態で、なにかごうごうという海の底の音を聞いていた。ごぼごぼと気泡のようなものがわきでる音も聞こえた。女はおだやかな顔をたもっていたが、よく見ると、目の下から耳にかけての顔の平地に苦しげな翳りがさすこともあった。そうやってかがんだまま、零子は、いつか警察署で刑事に求められたことをおもいだした。

刑事はとても疲れてだるそうにしていて、事件に口ほどには関心をもっているようには見えなかった。だからか、質問もけっして執拗というのではなかった。調べたって、なにかとくべつのことがでてくるものではないという、どこか投げやりな調子もあった。「先生さ、あんまりむずかしくかんがえないでさ、ありのままを言いなさいよ。見たままでいいんだよ。聞こえたままを言いなさいよ」。なんだか夢のようだからぼうっとしていただけで、零子はべつにむずかしくかんがえていたわけではなかった。でも、ありのままってなにかしら。見たままってなんなの？　聞こえたままって……。ありのままなんて、どこにあるのかしら。中学の男子生徒がべつの男子生徒と廊下でとっくみあいの喧嘩になった。どちらも零子の担任クラスの生徒だった。大津波の翌年の夏だった。一人が一人を刃物で殺した。殺した生徒は校舎の屋上にあがり、飛びおり自殺した。とめるもとめないもなかった。廊下が馬頭星雲のように赤黒い海になっていた。生徒たちの叫び声で駆けつけた零子は廊下に立ちつくし、なにかを見て、なにかを聞いた。なにかを見て、なにかを聞いたとおもったのだが、なんだかよくわからなかった。どうしてそこにそういうものがあるのか。どうしてそこにそういうものがそんな形をしてあるのか。一瞬だった。終わりのない瞬間であった。ひとりの生徒がべつの生徒に、ちょうど零子が年夫にそうしているように、馬のりになっていた。上になった青彦という痩せた生徒が、両腕を大きく開き、なにかひらひらと飛ぶような動作――シュートを成功させたサッカー選手が観客に見せびらかすような

——をして、両肩を左右にくねくねとうごかしながら、下の生徒に笑顔で話しかけていた。そう見えた。次の瞬間、下の生徒の脳天に斧がうちこまれていた。ドス。下の生徒は頭に斧を楔のようにはさめたまま、脳天からススキ花火のように血や脳漿を噴きだして、それでもなんどか腹筋運動のような動作で勢いよく起きあがろうとし、しだいに力つきて、死んだ。斧の刃が額にこしらえた溝は、零子の記憶では、いつまでも間歇的に血を噴いていた。それは、だが、赤かったのではない。警察には言わなかったけれど、憶えているのは、なぜだか、半透明のジェードグリーンの血であった。青彦はやがて、ミンミンゼミの羽化のように、のそのそとじぶんの抜け殻みたいな屍体からはなれ、また両腕をひろげて宙を飛ぶようにしながら、ゆっくりゆっくり階段方向にあるいていった。青彦の背中は、羽化したてのミンミンゼミみたいに、うすい翡翠色の光をおびて見えた。かのじょが目にしたのは、供述していないいくつかの細部をのぞけば、だいたいそこまでだった。青彦の飛びおりる情景は見てはいない。たしか、見てはいない。

零子は警察のいう「凶器」を、さいしょ、斧ではなく鉞《まさかり》とばかりおもっていて警察署でもそう供述したのだが、刑事に舌打ちされてしまった。「あんた、ありゃ狭刃《せば》だろ。鉞は刃幅がもっとひろいんだよ。なんだ、先生のくせにそんなことも知らないのかよ……」と面倒くさそうに言われ、すみません、とあっさり訂正したのだった。斧と鉞。そんなこと、どうでもよかったのだ。新聞は、震災で肉親を失った男子生徒ふたりが学校でけんかし、ひとりがかくしもっていた刃渡り七・五センチの「薪割り用の小型片手斧」でべつの生徒の頭部を刺して失血死させ、刺した生徒は校舎屋上のフエンスをのりこえて飛びおり自殺した——と、みながおもったよりかなりあっさりと伝えていた。斧で刺す。たしか、そう報じられた。変だ。だが、だれもこだわりはしなかった。薪割り用小型片手斧で頭をかち割られ、血を噴きだし脳漿をまきちらして……とまでは描写されなかった。それにはそれなりの、道義にかなった、もっともなわけがあるのだろうと、みんななんとなく忖度し、納得していたようだ。少年たちの写真はルールどおり掲載されていなかった。心のケアがどうのこうのという校長のコメントが載っていた。全校集会が開かれた。生徒も先生もどこかうわのそらであった。呆然としていた。だれも詳しいシーンを知りたがっていないようにみえた。あの大津波は、ひとの知覚能力をせばめ、鈍らせたのか、もっとさわがれていい出来事が、みなでしめしあわせたかのように過小評価され、追究されていい細部が、靄のなかにほうっておかれた。零子は問われたことだけに答え、問われなかったことはなにもしゃべりはしなかった。問われなかったことまで話そうとすると、刑事があからさまにいやそうな顔になったからだ。零子はのろのろと年夫の腹からおりて、男の隣にどたりとあおむき、低く唄をうたいはじめる。さいしょはゆっくりとしたハミングだけ。むむむむむむー、むむむむむー。だんだん歌詞がつく。小さな声で。「……どこまでつづくぬかるみぞー　みっかふたよをしょくもなくー　あめふりしぶくてつかぶとー」。またか。と、男はおもう。耳にタコができるほど聞かされている。聞かされているうちに年夫もしぜんにうたうようになった。これを祖父や義祖母もうたっていたような気もするが、たしかではない。たしかなことなど、なにもない。あめふりしぶくといったって、雨はいま降っていないのだ。青みをおびた黒い雲母のような影が窓を舐めた。影が光を食う。女の脇腹が蒼黒くかげった。左肩は乳色からゆっくりと雨後の苔のような色に変わっていった。女は六角錐の木箱を見あげる。振り子もゼンマイもないのに、カチカチカチカチと空の時が刻まれている。

だれにおそわったのか、零子はこの唄が好きで津波の前から口ずさんでいたのだが、津波の後には、のべつうたうようになった。どうしてなのだろうか。なにを言いたいのかはわからない。でも、気分が妙に合うのだ。大津波の翌々日の夕、丈の長い黒の法衣をまとった修道士たちが裾をひきずりひきずりぞろぞろと浜から高台へとのぼってきました。みな裸足だった。そう見えた。入り江の岩棚や水に流されて押しもどされた漁船や掘っ立て小屋に身をひそめていて九死に一生をえたひとびとが、一列になってゆっくりゆっくり高台にのぼってきたのだった。唸りか祈禱か脅しか唄のような声が這いのぼってくる。ユウスゲが黄色く咲いていたかとおもうが、三月だもの、記憶ちがいだろう。零子は割れた窓ごしに逆光で行列を見た。それは過去のひとびとなのか未来のひとびとなのか、よくわかりかねる行列であった。だれもが全身に藻草やヘドロをあびていたので、行列はまるで死者の列であった。それはのろのろと行進する、入り江からわきでた青黒い影たちであった。「だれかあ、水ありませんかあ。水くださーい。水けさーい。だれかあ、たすけてけさーい」。影の列は疲れた声で唸り叫んでいた。声が入り江に谺した。影の列は、水を乞うというより、ひとを呪い殺すような声をだすのだった。零子はおびえた。こわれたドアの陰にかくれた。おびえつつ脳裡で行列の唄声を聞いていた。行列はたぶん、うたってなどいなかったのに、かのじょの記憶ではうたっていた。唸るようにうたっていた。「すでにたばこはなくな

りぬー　たのむマッチもぬれはてぬー　うえせまるよのさむさかな　うえせまるよのさむさかなー」。零子は影の行列がとおりすぎてゆくのをじっと待った。心でいっしょにうたいながら、ひとびとがとおりすぎてゆくのをじっと待った。

年夫もこの唄を、なにかすこしためらいのようなものがまったくないではないけれども、きらいにはなれない。からだがつい反応してしまう。復興支援ソングよりこれがよい。空々しくないからだ。意味はあまりわからないのだけれど、重みがちがう。じぶんなりに元気になる。それといっしょに悲しくなる。なんとかしなければ、とおもう。一番をうたい終えると間をおかず、女がいつものように「はいっ！」とかけ声をかけ、男をうながす。すると、男も女の声に合わせる。「あめふりしぶくてつかぶとー」と、最後の二小節を合唱する。かけ声といったって、小声なのだ。うたうといったって、大口開けてではない。ひとの耳をはばかるように、囁くようにうたう。それでも、胸がなんだか熱くなる。熱くならないときもあるけれど、熱くなるときのほうがずっと多い。涙がでることもある。生徒にはおしえていない。おしえてくれとも言われていない。零子にみちびかれ、零子にしたがってうたっているうち、耳につき、空耳になったりし、いつしか喉がうたっている。年夫はこれまでになんどかうたうのをやめようとした。ただ、なんとなく、やめようとした。しかし、結局のところ、やめるもやめないもないのだ。曲とリズムがいつも頭のなかをうねって行進している。行進といったって、けっして勇ましくではない。からだがト長調、四分の四拍子であるいている。よろよろと。またはザックザックと。よろよろのほうがザックザックより多い。強―弱―中強―弱、強―弱―中強―弱……。死んだ妹や生徒たちの墓前でも、おさえてもおさえても曲が喉にせりあがってくる。魚市場のカツオのように遺体がずらりと並んだ体育館でもついうたってしまった。職員会議でも同僚にはさとられぬように口のなかで低くうたう。藤原義江の独唱がずばぬけてよい。どうしてあんなに魂のこもった艶のある声がでるのだろうか。テンポがぐっとおそくなるが、森繁久彌もいい。加藤登紀子のもわるくない。しみてくる。その点、女と男は好みが一致している。うたわれている状況はよくわからないのです。ただ、ずっとそうやってうたってきたのだ。女「いななくこえもたえはててー　たおれしうまのたてがみをー　かたみといまはわかれきぬー」。女「はいっ!」。男女「かたみといまはわかれきぬー」。この唄「討匪行」を、かれらは胸をはって大声でうたったことはありません。カラオケでうたったこともない。だいたい、いつもけだるい鼻唄だ。トイレでも職員室でも新年会でも忘年会でも、ひとにさとられぬように口のなかでうたう。男の上でも男の下でも、女の上でも女の下でもうたったけれど、うたったからといって男も女も気が晴れたことはない。

歌詞は女の気分で、かのじょのイニシアティブでときどきに変えられた。ペニスはいま、自転車にひかれたカナギッチョのように、へたばっている。ただつくねんとへたばっていた。「あなた、このサンペコ、ジセツできないの？　ね、自切してみなさいよ……」。サンペコは、いまではほとんどつかわれなくなった、その地方の古い方言で、オチンチンのことです。ふざけながら、鼻唄をうたい、女が手をのばし、男のへたったカナヘビをいじくる。カチカチカチカチカチ、カチカチカチカチ、むむむむむむー、むむむむむー。こんどはもっともゆっくりとした四拍子。もっともゆっくりとした四拍子でカナギッチョが首根っこをつかまれて上下にしごかれる。強—弱—中強—弱。サンペコの皺が伸び縮みする。あっ、曲調が変わっているようだ。変わっているようだが、寄せくるのは、おなじ波のようでもある。さわるはこちせんみるはたたー　さんえんこちせんくれたならー　カシワのなくまでボボしゅるわー。はいっ。カシワのなくまでボボしゅるわー。唄がとぎれた。男はいじられながら背筋でうねくり、畳に差す六角錐の蒼い影を這いのぼろうとする。死がせせらぎのように背骨を洗う。あおむいて背で流れを這う。そうしながら、さしたる理由もなく、一句をおもう。授業ではなんとなく気がひけて、おしえたことはない現代俳句。「夕顔の雄蕊雌蕊をつなぐ闇[*1]」。これを無意識に言いかえてみる。「夕顔の雄蕊雌蕊をつなぐ音」。もうひとつ。「夕顔の死んだからだをつなぐ音」。「夕顔の骨と骨とをつなぐ音」。いや、いけない。まったくよくない。やっぱり原句がよい。音と言えば、音が聞こえるわけでもない。闇とは音の沈んだ空間の、ある状態なのであり、もともとは音を内側にふんだんにふくみもつから闇なのだろう。蕊の微動をはらむ音ではなく、蕊の微動をはらむ闇のほうが音色ゆたかだな、と年夫はおもった。部屋はまだそんなに昏くはなく、明るみを残した井戸の上層のように蒼い。女は掌でゆっくりともみしごきながら、さいしょに削げた片耳、カナギッチョの群れ、次に松葉杖、斧、その次に、ススキ花火、カラスアゲハを、みじかくいれかわる幻灯のように脳裡に浮かべる。カナギッチョを頭から口にくわえる。

　カナヘビが生きかえる。ズキンズキンと脈動しはじめる。お客さん、ごりっぱ、ごりっぱ、さあさボボしよ、ペッチョしよ、と言いながら、零子がまたまたがる。上と下は舫《もや》い、浮き、浮かせて、よじれて、ねじられるままに、ひとくくりになり、しなり、滑《ぬめ》るままに、流れていく。いつからか、水のにおいがします。なじみのある水。かすかに重油と革と、あと、なにかのにおいが水に滲んでいる。それらがねっとりと混ざって、水でも重油でも革でもない、なにかべつの物質のにおいを生成しているようです。カナギッチョのにおいではない。なんだろう。男は前にもおもった。なんだろうな。いちがいに屍体といったって、みなおなじにおいではないのだ。生者でも死者のようなにおいをただよわせている者もいる。死も生も内部からそれぞれに発酵するのだ。駄々をこねるように発酵する。肉がぐずぐずとぐずり、臓器が光をねだる。饐えながら、しだいにげっそりと削げてゆくもののハミング。それがにおいだ。死が無遠慮に生のふところをまさぐる。そのとき、ふところの奥からたちのぼるもの。それがにおいではないか。だれの、なんのにおいか。わからないのに、結論をだそうとする。結論がでてから、においがほろほろとほどけて流れてゆき、結論を忘れる。そのにおいの質《たち》をたぶんわかっているのに、他人にたいしてだけでなく、じぶんにたいしても、つい忘れたふりをしてしまう。なんだったろう、としらばくれる。おもいだしたくないのかもしれなかった。彼は下からあおり、彼女は上で尻をくねる。しよ、しよと発声しながら、しつづける。じゅぶじゅぶと泥が煮えたつような音がする。上が下にだしぬけに問うた。「あなた、カラスアゲハを見たことがある?」。カラスアゲハ……。下は上がものを言うときの唐突さにもうなれている。ずいぶん間をおいて、あるよ、と年夫が答えた。かすれ声で。「どうして答えるのにそんなに時間がかかるのよ。あなた、なにか知っているの? なにかひっかかるわけ? 触ったことがあるの?」。たてつづけに上がきいた。

いや……と、下は黒く薄い布きれを目の奥に飛ばすようなことをしながら、あいまいに応じる。黒い布きれはまだ飛んではいません。上がまた問う。「どぼじでそんなに時間がかかるのよ、どぼじでなの?」。かんがえていたから、と下が言う。ほんとうは、かんがえようとしていただけなのだ。おもえばいいのよ、おもえば。かんがえないで、ちょっとおもえば。上がつぶやいている。腰を迫りあげつつ、下がしゃべる。いつだったか、授業中、教室に迷いこんできた蝶が一匹いて、それがそれだったたか……。「一匹じゃなく、あなた、てふてふは一頭よ」と女が注意をうながし「で、一頭のそのてふてふは黒かったの?」とたずねた。男は「黒かった、とおもう」と言った。女は、それにすぐには反応せず、まるでチョウの話を勝手にうちきったかのように、じぶんの穴から転げおちた耳垢を、からだはつなげたまま、また手さぐりで見つけようとしている。藪から棒にきかれた質問であるにもかかわらず、下はしっかりと答えようとしたのだから、女の態度はずいぶん気まぐれのようにもみえる。下は上にたずねる。君はいま君のジコウをさがしているのかい？　上は答えず、指の先を男の胸、脇の下、腹に這わせて、ぶつぶつとひとりごとを言っている。形がもう崩れて、なくなってしまったのかしら。きっとそうだわ。転げ落ちたのはいつからできたジコウなのかしら。あんなに大きいのだから、何年も前からのジコウなのかなあ。津波の前からのかしら。女の声が高くなる。スピーカーの音声レベルを急に上げたみたいに。「ジコウは耳にあるから耳垢なのよね。落ちてしまったら、だれのものでもない、ただのカス……。ゴミ。ああ、あたしのジコウさん、どこに行ったの？　あら、あたし、声がすごくうるさいわ」

馬のりのまま、ジコウをさがしさがし、またハミング。やや声をおさえて。むむむむむむー、むむむむむー。女の口からでる声が骨伝導し、空気ではなく骨を伝って下の男の骨を震動させる。からだの内側に声を聞く。女「ひづめのあとにみだれさくー　あきぐさのはなしずくしてー　むしがねほそきひぐれぞらー」。女「はいっ！」。

男女いっしょに、ここは低めに情感をこめて消え入るように「むしがねほそきひぐれぞらー」。ふたりしてしゅんとする。女はまたがっているのだけれど、じぶんがなにかにまたがっているのかをときおり忘れる。あるいは、ここに存在しないものに乗って空しい宙を飛んでいる、そんな青い無意識がかのじょの胸に差しこむ。すごく悲しいというのではない。楽しいというのでもない。とくに厭でもない。すこしも強いられているのではない。文字どおり不自由というのでもない。そんなにつらくはない。虐げられているのではない。悲しくはないか、もういちど、問うてみる。やはり、まったく悲しくない、というのでもないとおもう。じゃあ、空しいか？ 空しくないというのでもない。悲しい、空しいという言葉は、ただ、じぶんの感情を濡れたオブラートのようにひたっと隙間なくつつみはしない。じっさいから言葉が浮くのだ。じっさいと言葉のあいだにはどうしたってぶよぶよした浮腫ができる。どうすればいいのだろう。じぶんにあまり重量を感じることができない。女はひとり股をひらいて膝を折り、影のようなものに馬のりになっている、じぶんも別の影のような心もち。影を乗せた回転木馬の影。影のメリーゴーラウンド。下から影に差され、影に揺すられて、女、やや前かがみ。見おろすと、あおむいた男の顔。なにか、剝製のような顔。目。

ガラスの義眼みたいな。そうかんじ、内心ギョッとする。けれども、悲しい、空しいというよりは、言葉がからだに即している気がする。剝製。義眼。義歯。義足。コルク。空き瓶。浣腸の空き容器。こわれた角灯。骨。砂と化しつつある小骨。かつて鐙《あぶみ》骨《こつ》として、波音を内耳につたえていたかもしれない、骨もしくはすりへったプラスティック破片。ゴムのダッチワイフ。うつぶせたゴムのダッチワイフ。うつぶせたゴムのダッチワイフのような水死体。穴。たくさんの穴。もぐりこむフナムシたち。首にたかったシャコエビ。ファラオの首飾りみたいな。ばらけた単語なら、実体とのあいだに水腫はできない。悲しいというのは、からだから噴きでた血ではなく、じょじょに乾いていくときの血の感情じゃないかしら。

「ありのままに言え」と刑事に三度も言われたけれど、〈ありのまま〉ってなんなのかな。〈ありのままに言う〉なんてことがこの世にほんとうにありうることなのかしら。あたしにはわからない。言葉がありのままでないのではなくて、出来事がもうありのままではない気もする。カラスアゲハ。カラスアゲハという蝶。カラスアゲハという音。カラスアゲハという影。懐かしいわ。懐かしいカラスアゲハという音のひびき。カラスアゲハという原光景。カラスアゲハという無。なぜかしら……。男はまた水のにおいをかいでいる。かすかに重油と革と、あとなにかのにおい……生牡蠣か……がいり混じった水を感じている。窓の隙間から、入り江のさざ波が入ってくる。ひたひたと寄せてくる。ちゃぷちゃぷと鳴いている。ややあってグミ色の夕陽がさしこんでくる。グミ色が血を撒いたようにひろがる。遠くに筏が見えます。筏のような影絵が。黒い丸太も浮いている。水を吸ってまるまると太った、たくさんの、ぬるぬるの丸太たちが。ただよっている。浮いている。牡蠣棚も見える。藻をまきつけた牡蠣棚のシルエットが夕陽の手前にある。牡蠣棚の柱のモウソウ竹に、流れてきた筏のようなもの、丸太のようなものが、聞こえるか聞こえないほどの低く鈍い音——男はその音にドス・ドスという擬音をあてているのだが、じっさいにはアフリカ象がゆっくりとたおれるような、もっともっと圧倒的に巨きい地響きであった気がする——をたててぶつかり、棚の下と水面にはさまってとどこおる。みうごきができなくなる。年夫は、生徒の安否をたしかめるために、入り江の対岸にフェリーでわたろうとしたのだった。だめだ、船はだせないとことわられた。水面にびっしりとひとが浮かんでいるというのだった。丸太のような、筏のような、牡蠣棚のようなものが。

女が言った。「あなた、ほんとうにカラスアゲハを見たことがあるの？　ロールシャッハテストの画像じゃないのよ。カラスアゲハよ」。男は見たことがあるとおもい、見たことがないのかもしれないともおもう。松原が見えた。丈の低い防砂林が、土手沿いに、右は入り江方向、左は灯台方向にひろがる。どこかの松の枝には、男の記憶によれば、猿の生き肝がぶらさげられ、天日に干してあるはずである。猿の生き肝は、あれは腸だったのだろうか、マダラの白子みたいにつやつやと白くやわらかで、乾燥するにつれて黄変して硬くなっていくのだった。男は子どものころ、それを失敬して、すこし食べてみたことがある。ポン酢もアサツキも紅葉おろしもつけずに、松林に立ったままで。おいしかった。忘れられない。クリーミーでマダラの白子とおなじ味がした。話をどう聞きちがえたのか、猿はじぶんの生き肝をのこしたまま、ずっと竜宮城で遊んでいるのだった。猿の生き肝をダラリとぶらさげた松の木の根方では、赤い浴衣をまとったジョロヤの貧しい女が、かのじょの三倍もがたいの大きな船乗りに股をいっぱいに開き、鉄のパイルドライバーのように、ゴンゴンと腰をうちこまれている。吹きわたる海風。船乗りの背中いっぱいに、朱、黒、緑の般若の入れ墨。般若が大口開けて笑っている。年夫は松の陰から息をつめてそれを覗いている。猿の生き肝の味が喉からわいてくる。しかたがないのだ。助けようがないのだ。女は生け贄だった。海原から低くひびいてくるものがある。遠雷のような。海鳴りだ。と、頬の後ろのほうに厭な感触がある。肉のあらかたそげ落ちた骨だけの手でそっと撫でられたような。ああ、知っている。生き肝をぬかれ肉もこそげとられた、骨だけの猿の手だ。いつの間に竜宮城からもどってきたのだろう、男を咎めて背後から抱きついて頬を撫でたのだ。女はあおむいて万歳のかっこうをして、ハマエンドウをにぎりしだいている。痩せた腿と膝が船乗りの腰を巻いて宙を泳いでいる。男は黒い杭を打ちつけている。砂地に這う茎も葉も紫色の花も女にかきむしられる。ゴンゴン、ゴンゴン。タコが一杯、浜辺で踊っている。酔っぱらったポルポが。ウミガメもヒトデもやってくる。鈍色の空をトビが舞っている。トビは女が股間をぬぐった灰色のちり紙をくわえている。灰色のちり紙には女の股からでたサクラガイ色の血が滲んでいる。べつのトビが飛んできて空中でその紙片を奪いあう。

年夫はそこに黒いチョウを飛ばそうとする。チョウになるのを期待して、ハンカチのサイズの黒い紙片を飛ばせてみる。一枚。二枚。うまくいかない。黒い紙片は飛ばずに宙からまっすぐに湾の牡蠣棚と筏の上に落ちて、水を吸う。ワカメになる。男はがっかりする。男は津波のような船乗りの腰づかいをおもい、下からゴンゴンと上をあおってみる。反応がない。上からは唄も聞こえない。あまりにも軽いので、男はふと上にだれもいないのではないかとかんじ、そうおもうじぶんをすこし気味わるがったりもして、もういちど尻をもちあげてみる。もし上にだれもいないとするなら、かれはひとり裸であおむいていることになる。一体の死人みたいに。体育館の臨時遺体安置所に並べられたたくさんの屍体のひとつのように。どうしてそこにそういうものがあるのか。どうしてそこにそういうものがそんな形をしてあるのか。得心がいかなかった。あれらは、原則、みなあおむいていたのだった。というか、生者の手によってあおむけにさせられたのだ。どれがだれかを縁者がかくにんしやすくするためだった。開いた目蓋は、生者の指につままれて、いちいちていねいに閉じられた。それでも閉じずに開いたままの何人かの目や、眼球が抜けおちてなくなり眼窩だけがのこったいくつかの黒い底なしの穴には、陶器の破片でもコインでもなく、そのころ体育館の裏手に咲いていたヤブツバキの赤い花弁が、開いた目や穴一つにつき一枚か二枚ずつ、そっとあてがわれました。死者の目を閉じるのは墓地への道順をわからなくするためだといいますが、あれでは墓地への道順はかくすことはできず、ゆく道がヤブツバキの花弁ごしに、ただ火事のように赤くなるだけではないか。そうおもったことを、かれはいまでも憶えている。あおむけるということのできる、五体のそろった、裏と表のある屍体はまだラッキーだった。片脚だけ、片腕だけ、指一本だけ、右耳だけ、目玉一個だけ、顔のかけらだけとなると、あおむけもうつぶせもなく、じっさいにはかくにんどころではなかったのですが、安置所にかけつけたひとびとは、白布に置かれたそれらパーツのひとつひとつにじっと見入り、ジグソーパズルの断片をあわせて絵を復元する要領で死者の全体像をイメージしたりした。解体と整合、統合。あるいは、ひとの挿し木のようなこと。そのシミュレーションをした。首だけのは、ひとつひとつ頭から白や黄色の布をかけられて、体育館のステージのどまんなかというのは、いくらなんでもひどいということで、袖のほうに、ゴロンところがすのではなく、それでもわかりやすいように、顔をそれぞれステージと反対側にあるバスケットコートにむけて縦に並べられたのだった。

かれはその作業をてつだい、頭というのは、なにが詰まっているものやら、風袋よりもよほどおもいものなのだ、とさとった。そんなことはさとったところでいたしかたのないことであったけれども、とてつもない発見でもしたかのようにからだがふるえた。怖くはなかった。ただ、からだの奥がゆっくりとかき乱れた。そうなのだ、ゆつくりと静かにかき乱れ、いままで疑いもなくありつづけたなにかがバリッと割れた。それら体育館にあおむいた者たちや、首や胴や脚など捥《も》げてしまった部分は、ひょっとしたらじぶんに帰属するものであり、じぶんの一部である可能性はじゅうぶんにありえた。その可能性とまだ生きているらしいという事実は、じぶんという岩にへばりついた牡蠣のように刮《こそ》げるのがむずかしかったので、生と死は画然とことなったべつの世界ではなく、どちらもどちらかにたいし宙吊りになって、かれという生体は死人とひきあい、屍体は年夫という生者をひきずっているようなあんばいだった。そのことがかれには不思議であり、どうじに、あたりまえのようにもおもわれた。得心がいくもいかないもなかったのだ。屍体を見たり、あおむかせたり、目蓋を閉じさせたり、首を運んだりしているじぶんと、そうされている遺体およびそのパーツたちとのかんけいが、つかのま、いれかわったり、おぼろになったり、不分明になったりした。屍体の群れや屍体の断片の隙間をぬって歩いていると、足下のものたちに足首をにぎられて海底にひきずり入れられるような感覚があった。のしかかる沈黙。いつまでもつづく、なにか非回転性のめまい。オリアンダーの中毒症状のような。

屍体というのは、これは言うも畏れおおいことですが、じっさいには、見る者の心を存外にうごかさないことが少なくないのです。拍子抜けというのはちがうけれども、こちらが心をうごかさなければならないとおもっても、屍体のほうがしばしばそうはさせてくれない。屍体の表情にしたところで、生者の苦悶とはずいぶんことなり、苦しみと悶えを表す目鼻口のぬきさしならないゆがみや、あるべき顔というものの輪郭の割線や界線のずれが、生きながら苦しむ者のそれとはどうもちがい、できそこないのデッサンというのか、少なくとも生者が心をくだいて死者を描いたものではなく、死者の手になる屍体の素描のように見えたりもする。ヒトからモノへの変化が、結局、死に顔をそうさせてしまうのかもしれないが、年夫は、広島の原爆を経験したある作家が、原爆投下による屍体の表情について「何か模型的な機械的なものに置換えられているのであった[*2]」と描写していることをおもいだし、眼前の死んだ顔たちとのちがいについて、それらはもちろんくらべることのできないことなのだろうけれども、かんがえてみようとした。哀れというのではない、不憫というのともどこかちがう、それらさえ拒む、それぞれ形の異なる人外なデフォルメ。しかし、床に並べられた死者の群れには、どれもうごいてなどいないのに、重いリズムがこもっているようにかんじられてならなかった。四拍子のリズム。そのときも女におしえられたあの唄をじぶんのなかでうたうともなくうたってしまっていた。うたってしまっていた。むむむむむむー、むむむむー。強―弱―中強―弱、強―弱―中強―弱。「さもあらばあれひのもとのー　われはつわものかねてよりー　くさむすかばねくゆるなしー」。女がいなかったので、ひとり胸のなかで「はいっ！」と、かけ声をじぶんにかけてリフレーン。「くさむすかばねくゆるなしー」。男はじぶんだけでなく体育館内のだれもかれも、捥げた耳も目も手足たちも、床面から低く声を合わせている気がした。屍体たちも生きのこった男もみな幽鬼か敗残兵の影のように這い、歩み、うたっていた。

上が言った。「カラスアゲハはとても立派なの。ただの黒くて大きなアゲハとはちがうのよ」。下はよくわからなかった。記憶がいちいちあいまいだった。授業中に迷いこんできたのがカラスアゲハだったか確証はない。浜に打ち上げられたヘドロだらけの屍体にたかりついていたおびただしいチョウたちがいたが、あれはたしか白か黄色だったのではないか。「カラスアゲハはクロアゲハとはちがうのよ」と上はつづけた。クロアゲハは名前のとおり真っ黒だけど、カラスアゲハは黒の地に金緑色の鱗粉を、古参の職人の手で翅にそっと高価な箔でも押されたようにして飛んでいるの。まるで貴婦人のイブニングドレスよ。黒と金と緑の配色の翅も、黒、金、青の配色の翅もあるわ。世界にあれほど美しいものはないわ。アゲハチョウの仲間には一定のコースを飛行する習性があって、その道筋はチョウの道と呼ばれていて、そのチョウの道にそって飛ぶのはみんなオスなの。メスは蜜を吸うときや産卵の時以外はめったに飛ばずに、どこかにじっとひそんでいるらしいの。下は感心して上に、「よく知ってるね」と言う。上は、青彦がおしえてくれたの、と告げて、屋上から飛びおりて自殺した青彦はクロアゲハではなくて、カラスアゲハになりたがっていたのよ、とつぶやいた。どっちでもおなじようなもんだけど、あの子はカラスアゲハにとてもこだわっていたの。なぜこだわっていたのか、と下はたずねた。上は、わからない、と言った。「たぶん理由はないのよ。こだわるというのはそういうことじゃないかしら。いろいろこじつければ、こじつけられるけど、ほんとうはなにも理由なんかないのよ」。青彦は浮游していた。ひらひらと。あれは波の形だった。正弦曲線に似た非正弦曲線。きみは、どうしたいのか、と青彦にきいたことがある。どうしたいのか。どこに飛んでいきたいのか。少年はなにか口ごもった。「入り江に……」。そう聞こえた。女は、これも青彦のうけうりなのであろう、クロアゲハとカラスアゲハとでは翅の揺れかたもちがうのだということを、話しはじめる。単位時間当たりに羽ばたく回数がカラスアゲハのほうがクロアゲハよりも多い、と言い、男の腹の上で羽ばたき実演をしてみせる。男にはそれが見えない。見えたところでどうにかなるというものでもない。

女は男につながったまま、尻を浮かしかげんにしたりしながら、カラスアゲハになってゆらゆらと飛んでいる。飛びながら、下に静かに命じる。「あなたも飛びなさいよ。さあ、翅をひろげて……」。下は、命じられているということを、不意に新鮮におもう。急に予期しないなにかを、からだにあてがわれたように、軽いおどろきをかんじる。命じられるということは、待たれていることなのだ。理由はどうでもよい。待つと待たれるというかんけいは、かりに一回だけのことにしても、だいぶまともにおもわれた。それは、未来のかかわるひとつの誓いや約束にも似て、どこかむだであるぶんだけ、かえって上等で上品で贅沢なことにもかんじられた。命じられたことをやりとげることができなくても、男に異存はなかった。かれは女にまたがれたまま、背泳のかっこうで腕をばたつかせる。男の背骨のなかを、もやもやとした言葉と海の情景が流れてゆく。上が小声で注意する。「ああ、ちがうわ、そんなんじゃなく、オスはメスにむかって翅を大きくひろげたり、痙攣するように小刻みに翅をふるわせたりするのよ」。そうか。そうなのか。下が力んでやりなおす。上がささやく。「ああ、だめよ。乱暴にしたら翅がだめになってしまうわ。もしも翅脈《しみゃく》が折れてしまったら、ちゃんと飛ぶことができないし、すぐ天敵に食べられてしまうのよ」。カナギッチョが、揺らめく稲穂の先の影のように、音もなくよってきて、ワニみたいな口を開いて傷んだカラスアゲハをくわえて駆けだす。がに股になって走りながら、貪欲にチョウを呑もうとする。折れた翅脈がひっかかってうまく呑みこめない。黒い翅の端がカナヘビの口からはみでている。黒と緑と青の鱗粉が、だれか見知らぬひとの、きらびやかな記憶のように、こぼれて光る。男は、一瞬、その情景を見たことがあるとおもう。かつて、入り江近くの堤防に無人のトロッコの軌道があった。いまはもうない。大津波がすべてを影ごと洗った。大津波の前に、そのあたりで、チョウをくわえたカナギッチョを見たのかもしれない。薄黄色の花が点々と咲くコマツヨイグサの草むらにカナギッチョはするするともぐりこんでいった。コマツヨイグサの花は、凋《しぼ》むと、目の前ですぐに赤茶色に変わり、ときとともに、赤茶色が濃くなって、ほんとうはおとなしいのにいつも怒り狂ったように見える、シマヘビの目の色になった。トロッコにはいつもひとがいなかった。あれはなにを待ち、なにを積載して、どこに運んでいたのか。影を運んでいたのか。車輪は錆びていた。レールも錆びていた。それなのに、カナギッチョがひかれ、シマヘビがひかれ、バッタがひかれ、平たくなり、影になっていた。

　巡航速度のカラスアゲハはこうやってヒラヒラと飛ぶのよ、と女が言った。「風の道みたいなチョウの道にそって、こうしてゆーらゆーらと……」。下からはよく見えない。翅だという女の腕が水平になったり、右に左にかしいだりしているようだ。飛びながら、声をひそめて、なにか音を洩らす。ペニスに音がひびく。ふふふーふふふーふふふふふー。ペニスで聞きわけて男はおもう。ああ、また、「ショポショポ・ソング」か。上はうたう。「みつぉれーしょぽしょぽーふるぽんにー　からすのまからのつぉいてるー　まんてつのきんぽたんのぽかやろうー」。四分の四拍子は、四分音符を一拍とかぞえて、一小節に四拍はいるということを、下は上に教わり知っている。一拍目につよいアクセント、三拍目はちょっとつよいアクセントなのよ。でも「ショポショポ・ソング」は、団体行進じゃないんだから、ほとんどアクセントなしで、静かに、ゆったり、ね。そうすると、チョウの羽ばたきにだんだんリズムが合ってくるのだ。「あかるのーかえるのーとうしゅるのー　はやくしぇいしんちめなしゃいー　ちめたらけたもてあかんなしゃぃー」。「はいっ！」と上が下にうながすでもなくうながす。「ちめたらけたもてあかんなしゃいー」と、女と男は、抑えめに合唱する。部屋が昏くなった。群青色から煤けた緑青色に窓がみるみる暗んでゆく。

斧で同級生を殺した生徒も、馬のりになってそうやってうたっていたのか、男はきいてみた。上は「まさか……」という。青彦は笑ってはいたが、たしか、うたってはいなかった。青彦について言えと刑事にいわれても、零子にはそんなに話すことはなかった。青彦は落ち着きがなかった。隣のひとのすわっていない席に、まるでだれかがいるかのように小声で話しかけていたこともある。大津波による行方不明者は、学校では「不在者」ではなく、「欠席者」あつかいをしていた。青彦はその不在の欠席者に、顔を寄せてゆき、片手を口にあてがって、耳打ちしたりしていた。逆に、だれも話しかけてもいないのに、見えない相手に耳を寄せていき、「は、はい。そうです……」とうなずいては真剣な表情で返事していることもありました。ふだんから挙措がおかしいといえばおかしかったが、ひとのなにをもっておかしいと言えるのか、だれがはっきりと断言できるだろう。青彦は教室でも廊下でもいつも飛ぶようにしていた。零子はきいた。きみはオニヤンマなの？　チョウなの？　青彦は、カラスアゲハなのです、と真顔で答えた。カラスアゲハは、こうやってじぶんの羽ばたきでこしらえる微かな気流に乗っかったり、その気流をただようようにして、鱗粉を撒きながら飛ぶのです。青彦は、両の腕を翅にして、ゆらゆらひらひらとうねるように、ときには、つんのめるようにして飛んでいた。前のめりになったり、のけぞったり、急上昇したり急降下したりした。そのようにあるいていた。いじめられっ子だったのだ。あの日は、いつも青彦をこづきまわし、いじめていた生徒にとつぜんおそいかかり、馬乗りになって、革ケースにいれて腰にさげていた手斧をひきだして、ふりおろしたのだった。ドス。青彦はすぐには馬のりになった相手のからだからおりなかった。なかなかはなれなかったのだ。なかばふたつに割れた脳天に、古代ローマの剣闘士の派手なかぶり物のように、手斧を眉間まで深く嵌めた相手にまたがったまま、一回、ワハハと笑い、青彦は下になにか問うていた。「痛いの？　痛くないの？」。零子にはそう聞こえた。

青彦はそれから、返り血を浴びた上体だけで、ゆらゆらとたちのぼる蜃気楼のように踊ったのだった。両肩をアラブのラクス・シャルキーのようにくねらせ、両腕を大きく開いて、ゆるく羽ばたいてみせた。それは、大型昆虫の交尾か脱皮か、そうでなければ、二人羽織《ににんばおり》という、ひとというものの不気味な芸にどこか似ていた。零子は立ちつくしていた。声をあげたかどうかは憶えていない。声をあげなかったとしたら、凍りついたというより、どうしても制止しがたいものをかんじたからだろう。その光景のどこからがはじまりで、どこが終わりか、シークエンスがわかりかねた。だれがどうかかわるのかの範囲と領域もわかりかねた。嫌悪してはいなかった。嫌悪してどうするというのだ。咎める気持ちにもなってはいなかった。咎めだててどうするというのだ。ただ、どうしてそこにそういうものがあるのか。どうしてそこにそういうものがそんな形をしてあるのか……。わたしはなぜ、そこにそういうものがそんな形をしてうごめいているのを見ているのだろうか。冴えざえとしているのに、朦朧としたもの。それがよくわからなかった。わからないのだけれども、深海のできごとのように、見つづけるしかなかった。またがる影とまたがられる影は、すぐ近くにあるのに、眠りのなかのような遥けさにかんじられた。どうしてもう休めないのだろうか……零子はそうおもったことを虚ろに憶えている。不満というのではない。注文というのでもない。どうしてもう休めないのか……。なにが休めないのか。だれが休めないのか。はっきりとしない。血は影として流れ、足下までつたってくる。それら一コマ一コマのうごきが、ずいぶん昔からあらかじめきまっていたこととしかおもわれなかった。

時間がどれほどすぎたかも憶えていない。蛹のようにかさなりあった男生徒ふたりのそばに、女生徒がひとり、つつつと、廊下側の窓を背にして、つま先立ちであらわれ、つつつと、カニのように横に廊下を移動していった。ごめん、もうがまんできないの……そんなような意味のことを青彦たちにむかって言い、照れかくしのように薄く笑ってみせて、両手を手話のように口にあてがい、下腹のまえにかさねてから、右手だけをひらひらとふった。バイバイ。そういうことだったのだろうか。あれはどういうことだったのか。なにを詫び、なにを照れ、なにを辞したのだろう。

そろそろ下にしてほしい、と女は男にたのみました。女が下になり、男が上になった。そうしたら、下から男の背中ごしに六角錐の木箱が見えた。ノアザミがいつの間にか丹色《にいろ》にかわっている。いたしかたのないことなのだ、と下がおもう。ああ、そうだ、あたしの耳垢は木箱にはいっているのだわ。拍子を打つ音がする。カチカチカチカチ、カチカチカチカチ……。ケカモノハシが風に薙ぎはらわれている。ぞうぞうという音がする。六角錐の底から、もぞもぞとカラスアゲハがでてくる。一頭、二頭、三頭……。羽ばたく。鱗粉が舞う。カラスアゲハは巴になってからまり飛んでいる。入り江に飛んでいく気だろう。入り江がさしまねいているのだ。宵がきている。女が鼻唄をうたう。上がえぐって突く。突きとおしてくる。その意気を、なんだかばかみたいとかんじながら、下はえぐられて突かれて、息を切りつつ、うたう。むむむーむむむーむむむむむー。「てきにはあれどなきがらにー　はなをたむけてねんごろにー　こうあんれいよいざさらばー」。下「はいっ！」。上下「こうあんれいよいざさらばー……」。だいじょうぶ。わからない。だいじょうぶ……だとおもう。ふたりは揺れる。うたう。「まんもうのやみはれわたるー」。下「はいっ！」。上下「まんもうのやみはれわたるー……」。わずかに金のまじった青緑色の鱗粉が、宵に宵を接ぎ、霧になって散らばっています。

＊1　飯野きよ子『花幹』
＊2　原民喜『夏の花』

# アプザイレン

かれはふかい水のなかにいる心地がした。そうおもいたかっただけなのかもしれないが。からだがおもい。空気もすっきりと透明ではなく、かすみがかかったようになっているのはなぜなのだろう。光の屈折率がちがうのか、ここは明るいのに、そこはかとなく昏い。それに、あるべき影がどうも見えない。ひとりびとりが、おどろくべきことには……といっても、ここではおどろくべきことなんかなにもないのだが……それぞれの影をひきずっていない。ひとじしんが影と化したようなのだ。うすく漉《こ》した餡《あん》の色の影に。ひとりびとりの本体が、すでに影にのまれたからだろうか。どうりで影は影をひきずっていない。いつからか難聴になったようだ。音が遠い。それなりの防音装置がほどこされているはずだが、コンサートホールのようなわけにはいかなかったのだろう。コンサートホールと比較するなんて、常識をうたがわれそうだが。それにしても、これがここにあるということは、ひとによって構想され、ひとによって周到に設計され、ひとによって構築されたということにほかならない。それがなんだかおかしい。どんな会議やうちあわせをしたのだろう。会議できわどい冗談をいったり、大笑いをしたりしたのだろうか。設計ミス？　そんなことではないだろう。音がこもったり、無用のエコーがかかったり、シャーというノイズがかかったり、ほんらいよりとてつもなく音が大きすぎたり、小さすぎたり、音がわれたり、ひずんだりしている。おそらく、じっさいにでるだろう音があまり斟酌されなかったのだ。建築士たちが、構造物と機器の機能だけではなく、ここを訪なう者それぞれのからだや心をどこまで想像したのか。建築発注者からどんなリクエストがだされたか、わかったものではない。いまも、上から野太いうなり声のようなものがこぼれおちてきた気がする。気圧のせいなのか、はりつめた神経のためか、何キロも先のはるか遠くから森をこえ河をながれうねってくる音だ。どうしてなのか、ひとをおどすような低音のあれは、どうしたって日本語であるはずなのにそうではなく、なんだかロシア語のような外国語に聞こえる。ダーズバグロイ・ゴーズバグロワ・モウグェゴウドブロイ……。ロシア正教の巨人の僧たちによるミサか。髭もじゃの、体臭のこい男たちの。そんなわけはない。すべてのうごきが、じっさいよりもゆっくりとして見える。すこしいらだってくるほどだ。ひとのうごきと音声がいっちしない。微妙なズレがある。どちらかが遅れ、どちらかが速すぎる。あっ、これは、かすかだけれど、パルマスミレのにおいじゃないか。妻が買ってきた小さな鉢植えの。青紫の花の。妻は明日、誕生日。パルマスミレはたった三輪だけでもにおいが部屋中にひろがり、妻の髪にも襟足にもうつった。いや、すぐにそのにおいのうすい表皮をつきやぶって、アルデヒド系の臭気がながれてきた。どちらがほんとうなのだろう。スミレのにおいは、そうおもいたかっただけなのか。おもうだけでも、においはにおうものなのだろうか。ああ、おもいだした。せんぱいがいつだったか飲み屋でおしえてくれた。どのみち、いつかはおはちがまわってくるんだよ。しかたがねえ。そうだな、あたまのなかで唄をうたうといい。おまえはどうせさいしょは「補佐」なんだろうから、気にすることはない。あたまのなかをだな、唄でいっぱいにするんだよ。ほかのことをぜんぶしめだすのさ。くりかえしてうたっているとだな、終わってるんだ。CMソングなんか意外といい。どんなCMソングですか？　あほ。じぶんでさがせ。せんぱい、おねがいです、ヒントだけでも。ふーむ、たとえばだな、カムカム・チンカム・チムカントム……。なんすか、それ？　ミカン・チンカム・タケノカム・コメノモタセニャ・パタラケヌ……ってだな、五番まであたまのなかでうたう。すなおにな、なんでもおもいついたのを、すなおに、いっしょうけんめいうたうのさ。そのうちにな、みんな終わってる。終わってなきゃ、またさいしょからうたう。そうか。そうだった。かれはCMソングをおもいだそうとする。ところが、いざおもいだそうとすると、なにもうかばない。あわてる。妻がよくカラオケでうたうMISIAの「幸せをフォーエバー」はどうだろう。デュエットしたこともある。きょうの　このよきひ　むかえられたことを　うれしくて　ほこらしくおもう……ハッピーデー　ハッピーデー……。だめだ、うたえない。となりの男がしきりに貧乏ゆすりをしている。ふるえているのだろうか。膝のよこがかれのズボンにこすれる。カサカサと布の音がする。体温がつたわってくる。温い。熱い。影に体温があるなんて。膝を押しかえしたとき、びんぼうゆすりではなく、となりの男は声をおさえて嗚咽しているのだとわかった。膝をまた押しかえした。となりの男の脚のふるえがずいぶんおさまった。すると、かれの胸にふと唄がわき、あたまがちょっぴりだけ唄をうたいはじめた。えらんだわけではない。しぜんにうかんできたのだ。さいしょはとても遠慮がちに。子どもの声で。あたまにうたわせた。ゆーりかごのつーなを　きーねずみがゆーするよ　ねーんねこ　ねーんねこ　ねーんねこよ……。きねずみってなんだろう。

かれらは地下二階の階段わきにある待機スペースのパイプ椅子に背筋をのばしてすわっていた。おりてくるときかぞえたら階段は二十二段あった。そこは他のどこよりもひんやりとしていた。とうしょは、かれをふくめ、そこに四人いた。みな若かった。二人は白衣を着て、ラテックスの手袋をつけていた。もう二人はとても大きなマスクをして着帽し、灰色の制服を着た「補佐」であった。その朝とつぜんに役目をおおせつかったのだ。数日前から通知していたら、かんじんの日に欠勤されたりするからしかたがない。なにごともしかたがないのだ。灰色の制服の二人のうち、がたいのしっかりしているかれは、あたまでほそぼそと唄をうたいつづけていた。とぎれないようにうたいつづけようとしていた。まだ声がわりしていないむかしの、おさない澄んだ声で。しかし、その唄でかれのあたまからすべてをしめだすまでにはいたっていなかった。かれはなんとかしたいとおもった。なんとかしなければならない。なんとかして、唄に集中しようとした。ゆーりかごのゆーめに　きいろいつーきがかーかるよねーんねこ　ねーんねこ　ねーんねこよ……。となりの男がこんどは肩を波うたせ、しだいにまえかがみになってきた。マスクからかすかにクックッと嗚咽をおさえる声がもれた。こみあげる笑いを必死にこらえているようでもあった。ほんとうに笑っているのかもしれない。神経がねじれてしまい、泣くべき経路が、笑いの神経にまきこまれてしまったのか。かれは唄を中断し、となりの男を肘でつよく突いた。クックッの音がやみ、まえかがみがすこしなおった。かれはおもった。「上」と「下」について。というか、上から落ちていくのと、下に落ちてくる、そのちがいについて。じつは、もうなんどか、くりかえし、かんがえはしたのである。〈落ちる身〉になっておもったのではない。そんな余裕など、すこしだけしか、いや、ほとんど、あるいはまったくなかった。それでよいのだ。じょうだんではない。〈落ちる身〉になってはいけない。ここの、それがぜったいのきまりだ。かれはもっぱら〈落ちる者を見る身〉になって、落下ということを、下からイメージしたのであった。あたまがまた、よわよわしくうたっている。ゆーりかごのうーえに　びーわのみーがゆーれるよ　ねーんねこ　ねーんねこ　ねーんねこよ……。落下。かんたんなことだ。ある平面と垂直にまじわる直線をおもいえがけばよい。垂線。黒いその軌道を、上からおもうか、下から見るか。どちらにせよ、かれに選択肢があったわけではない。ここでは、若い職員にそれが課せられるならわしだったため、ならわしにしたがって、「下」の係と命じられただけだ。前例とならわしくらい、ここにおいてだいじなことはない。命じられてからすぐに、かれは、はたからみれば多少興味ぶかい感情にひたっていった。功利的な感情とでもそれはいえるだろうか。かれの立場に立たされたならば、この局面では、功利的も打算的もあったものではないのだが。つまり、上にくらべ、下はあきらかに不利だとおもったのだ。かれはべつに不当とはおもわなかった。ただ、なにか不利だとかんじたのである。

　かれは落ちていく現象より、落ちてくる現象のほうがはるかに怖かったのだ。どうしてかと問われても、うまく答えようがない。子どものころからそうだったから。空からふってくるものは、カラスの急降下はもちろん、いちまいの紙片がひらひらまいおちてくるのにさえ怖気をふるってしまう。大人になったいまでもだ。ゆりかごのうえでゆれるビワの実だって、かれがゆりかごのなかの赤子だとしたら、このうえなく怖がるだろう。学生のとき、いちじワンゲル部にいたので、懸垂下降の練習をさせられたことがある。経験豊富な登山部の四年生もたちあう、だいじな訓練だ。しろうとがザイルと下降器をつかって、両端が切れ落ちたピークから、ほとんど垂直の岩壁をおりるのは危険であり、大なり小なり事故もつきまとったものだが、それだけに懸垂下降は合宿練習のハイライトでもあったし、かれはほかの部員より熱心に、うまくこなした。オーバーハングでの実地訓練にも参加した。懸垂下降のとちゅうで、下を見おろし降下位置をかくにんすることもできた。けれども、急な岩場を懸垂下降してくる部員を、下から見あげ、部員をささえるために腕をひろげてまちうけるのがひどく苦手だった。懸垂下降をしおえた部員を同一平面上で見るのはなんでもなかったのに、宙に浮かぶ小さな点でしかなかった足と尻が、頭上でみるみる大きくなり視界を黒くおおいつくすなりゆきが、吐き気をもよおすほど怖かった。訓練ではなく、じっさいの登山で負傷した部員がザイルでおりてきたとき、受け手として崖下にいたかれがとつぜんの目眩でよろけて、ささえをうしなった部員が足をくじいてしまったことがあった。かれは理由をつげずワンゲル部をやめた。それなのに就職をして、肝心かなめのこのときに、「下」の係とは！　これはたしかにザイルのようなロープをつかうけれども、厳密には懸垂下降ではない。懸垂下降では腰や肩にザイルをつけたりするが、首にロープをまいたりはしない。しかし、予想もしなかったことだが、オーバーハングでの懸垂下降にどこか似ている。かれはおもった。うっかりとおもってしまったのだ。「上」からおりるのはできるのだが、と。そうおもい、そのおもいをすぐにのみこんだ。なにはともあれ、「下」は、かれにとって不利も不利、落下物を見あげているうちに、ひょっとしたら気をうしなうかもしれない。

窮地には、しかし、根本的解決にはならなくても、なにかしら小さな逃げ道、ささやかな救いのようなものが、必死にさがせばどこかにあるものだ。地下二階の待機スペースのまえには、その日だけたまたまだったのかもしれないのだが、遠隔開閉式の青い色のアコーデオンカーテンがかかっていたのだ。というわけで、眼前の光景はいまのところ遮蔽されている。つまり、かれは、すくなくともいまは、下から落下物を見あげずにすむのだ。おっ、ラッキー！　かれは心のなかで小さくさけんだ。なにが不利でなにが有利かなんて、わかったものではない。「上」がほんとうに有利かといえば、そうもいえないことが、かんがえてみれば、いくつもある。だいいち、落ちてくるのを、下でまちうけるのではなく、落ちたがってはいないものを、上から落とさなければならないのだから。それは天と地ほどのちがいではないか。白衣のふたりのうち、どちらかが、シャックリをしているらしい。ヒエック――ヒエック――ヒエック。うるさいな。どうにかならないのか。かれはおもった。だが、おもいなおした。たいしたことはない。だまっていても、ひとというのは音をだすものなのだ。じぶんもじぶんのなかで音をだしつづけている。妻だってそうだ。吐息、ため息。膝関節の音。ポキポキ。六十八年間、毎分四十回だかシャックリしつづけた人間がいたというではないか。シャックリなんかたいしたことはない。だまっていても、ひとというのは音をだすものなのだ。ひとはひとりびとり皮膚で密閉され遮音された工場のようなものではないか。生きていれば、たえず音はでる。やむをえないのだ。舌うち。舌のまきあげ。唇の吸着。横隔膜の収縮、弛緩。心臓の鼓動。肺の呼吸。嚥下の音。腸の蠕動。動脈、静脈、それらの大小の血液のながれ。赤いせせらぎ。また唄がわいてくる。かれはまだ声変わりしていない記憶の声でうたう。ゆーりかごのうーたを　かーなりやがうーたうよ　ねーんねこ　ねーんねこ　ねーんねこよ……。かれにはだれにたいしても、なんの憎しみもなかった。とくべつの焼けこげるような憎しみとなったら、なおのことなかった。どこのだれにたいしても、だ。かれだけではなく、となりの泣く男も、白衣のふたりも、さきほど見た、地下一階のれんちゅうだって、ひとになにかの憎しみをいだいているようには、すくなくとも外見からはおもえなかった。かれの心もちは、まわりから照りかえしてくる神経の矢じりが、予想したほどどするどくも、毒をぬられてもいなかったので、存外に静かでいられた。この件を事前に知らされていた関係者たちは、家をでるとき、下着を洗いたてのにはきかえ、いつもよりていねいに髪をとかし、ふだんより気もちをこめて身だしなみをととのえ、私服の者たちは、そのあたりの心理には容易にわかりかねるところもあったけれども、白いワイシャツに、〈黒そのものではなく、黒っぽいネクタイ〉を、まるでうちあわせたようにつけていた。これは葬儀そのものではないが、ひろい意味あいでは、ある種の不祝儀である——そんなおもいがはたらいたのかもしれない。それに、かれらのほとんどは昨日よりも、おとといよりも、唇をかたくひきしめていたし、朝ということもあって、肌にうきでる脂がずいぶんすくなかった。多忙のためにときどき血走ったり黄色味をおびたりする目も、目薬をさしたあとのように心なしか澄んでいた。

それに、ひとりびとり、かくべつのわけは意識していなかったのだが、なにか心が〈あらたまる〉おもいもあったのだ。かれは、当日の朝に命じられた任務ゆえ、心あらたまるもなにもなかったが、胃に鉛の玉をいれられたようではあった。よくよくおもえば、これからおこなわれることは、とても不思議で大それたことであった。それほど大きくもなかったキンモクセイが、夜陰のあいだに枝をはりのばして、行く手をふさぐような不思議。甘すぎるほど甘かったその香りがいつのまにか異臭に変じてしまったような不思議。が、「不思議」という言葉は、ここではあたかも禁句であると規則できめられているかのように、だれもその語音「フ・シ・ギ」を不用意に口にする者はいなかった。不思議ということに、心づいていながら、心づかぬふりをみんなでしていたのかもしれない。fu-shi-gi ── たぶん、かれをはじめ、すくなからぬ者にとって、そこでおこなわれていることが、じじつまったく不思議でなかったわけではないだろう。人間というのは、どんなによいにつけ、どれほどわるいにつけ、畢竟するに、おもいついたすべてのことをやりつくさずにはいられない、とんでもない生き物である。そのとんでもなさは、すべてのことをやりつくさずにはいられない習性をときに反省しつつも、結局は累代、かんがえられるすべてのことを、くりかえしやりつくしてしまう、哀しいほどの飽くことのなさにある。しかし、だからといって、ひとはいうまでもなく、ぜんぶの全員がただただ愚かなのではない。かならずしも長くは持続しないとはいえ、羞じをかんじたり不思議とおもうことだって、ないわけではない。それぞれのいだく不思議さは、しかしながら、煌々としていながら、どうじに黯然ともしているこの地下の空気をとおしてみると、じょじょに不思議でもなんでもなくなってくるのである。手はずはすべてととのっていたし、一回一回は、たしかにははじめてであるにもかかわらず、これまでに何度も何度もやりふるされてきたことでもあった。たびかさねてきた前例と慣行ほどつよいものはない。それに、これは、たてつづけのときもあったが、おおむね一定の間をおいて、かならずやらなくてはならないとされていることでもある。呼吸のように。排泄のように。なんど見ても見なれるということはないとはいわれながらも、おなじ手順と文言とほぼおなじ動作に目と耳がなれ、もうあきあきしている者もなかにはいたのだ。家をでがけにそのことに気づき、みずからをだまって叱りつけ、ネクタイのむすびをいつものプレーンノットからダブルノットにかえて、きつく絞め、弛緩した心を意識してあらためようとする律儀な者もいるにはいたのである。かれらのすべてが、ここでおこなわれることになんの疑問ももっていなかったということではけっしてない。すじ雲ていどには、ひとりびとりが形状と厚みのことなる訝りをいだいてはいたのだが、だれしも、空たかくうかぶすじ雲にいちいちこだわらないように、疑問にむかい一歩か二歩ちかづいていこうとする者はすくなかった。奇妙といえばそれは奇妙であり、まったくどうじに、すこしも奇妙ではないともいえた。

ところで、さきほど、地下一階と地下二階と書いたが、ふたつは、ふつうの地下構造物のように、一、二階が画然とわかれているのではないことを、念のためにつけくわえなくてはならない。すなわち、地下一階と地下二階は、一部がふきぬけになっていて、やや観念的表現になってしまうが、もっぱら空洞によって空間が貫通されているのである。エレベーターにたとえれば、籠《かご》をとりのぞいた昇降路《シャフト》のような空洞が、地下一階から地下二階へと、相当な質量のかたまりが一気に落下してくることをそれとなく暗示するように、垂直にひらかれている。その空洞はまったくの洞《うろ》かといえば、せいかくにはそうでもない。地下一階の床とほぼおなじたかさに、何人かのひとびとがどうじに立つことのできる、地下二階から斜めにせりあがっている手すりつきの空間(通称「バルコニー」または「お立ち台」)があるのだ。バルコニーからは、落下物が落ちるのと落ちていくのとをどうじに目視するのが、あくまでもやろうとおもえば、そして、そのような目と首の瞬間的な運動ができればの話だが、理論的には可能であるとされている。つまりそこに立つ者は、さいしょに目のたかさのものを視認し、いっせつな、見おろすこととなる。地下一階は、お立ち台にむきあう壁が全面強化ガラスばりになっており、バルコニーから見ると、地下一階内部でなにがおこなわれているか一目瞭然というしかけだ。しかしながら、落下物が落ちるのと落ちていくのをどうじにしっかりと目視できた人物は(視認したとただ錯覚した者は数人いるらしいけれども）いまだかつてひとりもいないというのが現実である。そのしゅんかん、目をつぶったり、よそをむいた者たちがほとんどだったからだ。なに、そんなことはちっとも問題ではない。上から落下すべきものが、ほんとうに下に落下していったか——地表ちかくのせまい空間内の物体は、その位置にかんけいなく一定の重力をうけるとかんがえることができ、そうした物体の自由落下運動は、鉛直方向の下むきに一定の重力加速度$g$で加速される、などと、お立ち台に立つだれがおもい、だれがそのような「落体の法則」をおのれの目でかくにんしようとするであろうか。いつだったか、大臣が視察のためそこに立ったときには、当局の配慮により、ガラス壁が美しい藤色のコーデュロイ・カーテンでおおわれ、首にロープをつけた落体が、落下終了直後に、遠隔操作でカーテンがさっとひらかれたのであった。大臣は落体の軌跡をじっさいには見なかったのであり、さいわいにも見ないですんだのだ。にもかかわらず、大臣は落体を視認したのだ、目視ということをけいけんしたのだと、いまでもおもいこんでいるのである。そして、お立ち台に立つえらいひとたちのおおかたが、判でおしたように「まことに厳粛でした」「粛々ととりおこなわれました」とコメントするのである。

「補佐」のかれも、階段をおりて待機スペースにくるとちゅう、気がひどく動転したまま、バルコニーに立ってみた。それは大したたかさではないのに、鉛直の懸崖の上部にあるように、かれには錯覚された。まるで懸垂下降のさいちゅうでもあるかのように、かれの脚は立っているのにもかかわらず、宙をふたしかに泳ぐ感覚からのがれることができなかった。そうしてお立ち台に立つと、なにかわからない巨大な感情が、いちどきに胸につきあげてきた。それはかれがいまだかつてかんじたことのない、かれのおもいになるべく即していうならば、〈ひとであることをこえる透明なつよさ〉であった。それだけではない。その鉄壁のつよさに、おんぶひもで背負っている目には見えないいちっぽけなもの、まんいち見たとしても口にしてはならない醜怪なもの……とっくに死んで乾燥してしまった、ひとだかサルだかわからない赤ん坊……を、かれは発作的に連想し、あわててすぐにうち消した。一点たりともうたぐる余地のない、目もくらむほどに白々とした眺めにじぶんをさらすことによって、反証と連想のすべてを塗りつぶした。そうであるとあらかじめきめられた、そうでしかありようのない、他のいかなることがいま生じようとも、たぶん、隕石がちかくにふってこようと地震があろうと、変更のあたわない、あまりにも自明な、いっさいの意味をこえた、うごきとながれ。おそらくそのことからくる不可思議な威厳。いまあるうごきとながれからそれることの怖れと無力感。かれはそれらをおもうともなくおもった。そこから眺めると、ここがミサイルのないミサイル発射基地か、ロケットのない宇宙ロケット発射基地のようにもかんじられた。ただし、飛ぶものは、上に、ではなく、下に一直線に落ちてゆくのである。ダーズバグロイ・ゴーズバグロワ・ブゴーグゥグロイ……という洞窟のなかのような声が地下一階の奥からまた聞こえてきた。下を見おろす。視野にはいる少数のひとびとは、オートメーション化された精密機器の作業現場のように、みんな口をつぐんでいた。上の、すなわち地下一階にある、油圧開閉式の床板はもちろん、まだひらいてはいない。床板には、紫色の絨毯がしかれているはずだ。落体となるべきひとの待つ部屋にもおなじ質感の絨毯がしきつめられている。なぜか。アイマスクをつけられた、まもなく落体となるべきひとが裸足の蹠《あしうら》の感触で、落下すべき地点に立たされたとわかり、とつぜんあばれだしたりしないようにする「配慮」からである。ここにはさまざまの人間的配慮がめぐらされている。床板をひらくボタンは三つあり、三人がいっせいに押す。だが、三つのうち二つはダミーだ。だれのボタンで床板がひらいたかわからないようにする配慮だ。地下一階天井につけられた滑車とロープ、そして滑車につながっているウインチを見るのを、かれは意識的にさけた。使用目的がことなるだけなのに、ロープをザイルと見まがうのが、かれにはどうにもたまらなかったのだ。約四メートル下になる地下二階を見おろした。うちっぱなしの灰色のコンクリート床は、ちょうど中央が四角い格子のある排水溝になっていて、そのわきに水道のホースらしいものとストレッチャーが見えた。大したものはなにもない。それなのに、ここには人知をつくした大がかりなしかけと配慮がひめられているのだ、とかれはおもった。

待機スペースにきてからどのくらい時間がたっただろうか。一時間はたったようだが、ほんとうはまだ三分しか経過していない。ここではしばしば時間感覚が大きくくずれるのだ。かれはふたたびほのかなパルマスミレのにおいを嗅ぐか、想像するかした。明日は土曜日。だれにも告げていないが、妻の誕生祝いをする予定だった。パルマスミレのにおう家で。ふたりだけで。予定を変更する気にはまだなれない。どのみち、きょうのことは妻にはいえない。カラオケボックスにいくかもしれないな。妻は左手でマイクをにぎって立ちあがり、右手を大きくふりふり「幸せをフォーエバー」をうたうだろう。どうだろうか、そのとき、きょうのことをおもいだすだろうか？　かれはちょっとは忘れられる気がした。一時的に。それなのに、短期的には忘れるか忘れたふりができても、永遠には忘れられないのではないか、とおもいもした。きょうは即日、特別手当がでるという。みんなそれをきれいさっぱりつかいはたして酒をのむといわれている。そういうならわしだ。お清めの酒を。しかしかれはいま、特別手当をいったん銀行で〈マネーロンダリング〉してから、明日、予定どおり妻とプレゼントを買いにいくつもりでいた。血赤サンゴのピアス。ゆーりかごの　ゆーめに　きいろいつーきが　かーかるよ　ねーんねこ　ねーんねこ　ねーんねーこよ……。順不同で四番まで二回くりかえしたその唄を、またうたう。せんぱいはうたっているうちに終わるさ、といってくれたのに、こんなにうたっているのにいっこうに終わらないではないか。そろそろか。もうすぐだろうか。いまか。ああ、歌詞がだんだんおかしくなっていく。言葉がぶれてしまう。ゆーりかごの　ぶーえに　ぶーわのびーが　ぶーれるよ　べーんねこ　べーんねこ　べーんねこよ……。ああ、いけない。落下物ないし落体となって落ちてくるべきひとの顔をまたおもいだしてしまった。おもいだしたくなかったのに。それは白髪の、骨ばった、生気のない、見知らぬ老人だった。うすい影。かれが一生知らずにいることだって、じゅうぶんにありえたはずの男。影男。じぶんとこの老人は、まったくことなった軌道と空間に生きてきたのだから、ここで接点などもたずにすんだはずだったのに、とかれはおもった。どうじに、かれは、幸せと不幸についてなにかで読んだくだりをばくぜんとおもいだしていた。不幸をなやむ者は、不幸に終止符をうつのでなく、その不幸のなかに身をおくこととなるだろう……。かれは老人をとくべつに不幸とはおもわなかった。じぶんも、なやめば不幸に身をおくことになるので、じぶんの身を不幸とは分類しないことにした。老人は、酔った芸者のように床に脚をだらしなくながし、監房の便器にしなだれかかって、便座の下のあたりを、ゆっくりゆっくりぺろぺろと舐めていた。赤黒い舌をナマコのようにはわせて。高層階の監房にその男を、その朝に編成されたばかりのメンバー五人で迎えにいったのだった。いわゆる「お迎え」。かれはその直前に「とくべつの仕事」を命じられ、煮えたった頭のまま、いわれるままに特別警備隊の一員としてお迎えにむかったのだった。ほとんどなにもかんがえることができなかった。終わることだけをねがった。まともにかんがえることができないのに、かれはなにかいっかな剝がれがたいものが、じぶんの内側にこびりついていくのではないかとかんじていた。たとえ剝がしたとしても、いっこうにさっぱりしない虫瘿《ちゅうえい》のようなもの。その感覚が、かれのおもいをさらに痺れたような、無感動なものにみちびいていった。かれはふとおもった。この老いさらばえた影男が、〈さらに死ぬ〉ひつようがあるのだろうか。男は死んではいない。だが、かれの目には、もう死んだのに、図々しくうごめいているように映った。老人は脳溢血の後遺症による歩行困難者であるということで、独居監房まで車いすをもっていった。かれは空の車いすを押してゆき、それに老人をのせ、貨物用エレベーターをつかって地下一階まで車いすの背を押していく役であった。帰りは、のせるべきひとがいなくなるので、車いすをつかわない。つうじょう、お迎えには、もっともはげしい抵抗がよそうされる。だから特別警備隊には抵抗者を力で制圧したり、ばあいによっては、絞め技でいちじてきに失神させることもできる技量をもつ柔道の有段者がくわわる。しかし、この朝にはなんのさわぎもおきなかった。老人はなぜか、なんの抵抗もしめさなかったのだ。

便器をだいてさもだいじそうに舐めていた老人が、ザックザックという特警の跫音に気づいたのか、それともそれはただの偶然の動作だったのか、しわだらけの首をひねって、お迎えのかれらを見た。ぶよぶよした涙袋の上の、灰色によどんだ目が虚《うつ》けていた。口もとがゆるんでいた。笑っているのだろうか。いや、お迎えを見てしまったために、恐怖のあまり目が虚け、口角がゆるみ、そのつもりはないのに、笑った面もちになってしまったのか。それとも、さいしょからそのような顔をしていたのか。せいかくにはわからない。だれもそのうごきの前後関係や前後の身体的変化にかんしんをもつものはいなかった。老人の黒目が急に顔の奥に遠ざかるように小さくなった。赤みがさしていた顔がみるみる蠣殻のような色になり、あたまがガクンとあおむき、白目をみせてのけぞってしまった。口から大量の泡とよだれがながれている。老人はひと声もさけびさえできずに気絶してしまったようだ。お迎えを見て失神するのはそれほどめずらしくはない。しかし、失神ではなく、脳溢血の再発作だったのかもしれない。だからといって、これからの進行予定がすこしでもかわるわけではない。「ふーっ」とだれかが声か吐息をもらした。かれは、その「ふーっ」の音が、じぶんのからだからでたのか、他人の口からでたのか、それがおどろきの声か、安堵の吐息だったのか、わからなくなっていた。かれは同僚とともに老人をはこび、車いすにのせた。作業は気がぬけるほど楽だった。老人はすこしも逆らわず、空っぽの布袋のように軽かった。お迎えのかれらは、他の監房から見えないように車いすをとりかこみ、貨物用エレベーターへザックザックとむかった。老人は車いすにすわらされ、顔をあおむけたまま、よだれと泡をたらしつづけた。こいつは床板に自力では立てないな。どうやって吊すのだろう。いっしゅんかれはおもい、すぐに忘れた。老人はにおった。エレベーターのなかで、とくにつよくにおいはじめた。それが老人の最期の意思でもあるかのように、からだがさかんににおいをはなった。汚物や汗のにおいではなく、なにかなまぐさい花か、生煮えのオイスターシチューのようなにおいをかれはかんじた。殺処分される直前の犬はよくにおうというが、それとおなじことなのか。犬のからだが死を察してにおうのか、じぶんがにおいに過敏になっているのかよくわからない。テレビの取材に応じた犬の殺処分担当の職員はそういっていたが、それとおなじことだろうか。

犬の殺処分の番組は大変な話題になった。ステンレスのガス室に入れられる犬たち。テレビカメラにさかんに尻尾をふる犬たち。飼い主のいない、飼い主たちがすてた、飼い主を必死でさがす、ガス室のなかの犬たちの目。目。二酸化炭素ガスが噴射され、口を大きくあけて苦しむ犬たち。あれは安楽死ではない。四肢を痙攣させる犬たち。番組をみて、涙をながすひとびと。電話で抗議する視聴者。だが、ここでのひとの殺処分は大した話題にもならない。待機スペースでかれはおもった。人間という器《うつわ》は、おおかた、苦しむことのできる苦しみしか苦しむことができないのだ。かれは読むか聞くかしたことがある。ひとはふだんは善人だが、いざというまぎわに急に悪人にかわる。「鋳型に入れたような悪人」などいはしないと。まぎわ。まぎわってなんだろう。いまがそのまぎわなのか。気絶したあの老人が、かつて経てきた、善から悪への変身のまぎわなのか。けれども、ここでは善らしい空気も悪らしい空気もながれてはいない。ここの空気はこのビルの別棟一階ロビーと、その自動ドアのそとの空気につながっている。そこにも歴然とした善や悪はない。なにか散漫である。すべてのおもいは、すじ雲のように散らかっている。つながっているようでつながってはいない。そこには生きているひとびとが、でいりしている。仏頂面、案じ顔、かこち顔、笑顔、苦笑、愛想笑い、追従笑いがある。地下のここでは、だれもなにも主張してはいない。主張したがっていそうな者もだれもいない。かれもそこでかたりたい胸のうちがなにかすこしありそうではあったが、それがなにかはまったくはっきりとはしていなかった。落体となるべき老人は、あらかじめ死んだかのように気絶したままであったし、呪文のようなものをとなえている男は呪文の波にじぶんが泳ぐのに夢中で、そこからでて、なにか意見を開陳する気配など毛ほどもなかった。グローボイザッド・ボーゲゴンガイ・メッゾウマッゾウー……と気絶した老人にむかって腹からいっそう野太く、聞きようによっては野蛮な声をあびせていた。祈っているのか呪っているのか。祈りとは呪いなのか。やめろ！　呪文の男をかれは憎んだ。はげしく憎んだ。

いつか、べつのせんぱいが泥のように酔っぱらっていたとき、酔いの底で、しかし、卒然として酔いから這いだしてきて、まったく別人のように声をおとしていったことがある。ありゃあな、人間として最低の仕事だ。下の下。最下等よ。最悪の仕事だよ。そうだろう？　だれがあれをやりたがるかよ。えっ、親にいえるか。女房、子どもにいえるか。お父さん、きょう吊してきたよって。兄弟にいえるか。いつか孫にいえるか。たくさんやったら天皇陛下に表彰されるか。えっ、勲章もらえるか。かれは首をねじり、せんぱいの黒く濡れた眸子《ぼうし》をのぞきこむようにした。眸子にかれの顔が映り、その上を油のように滑《ぬめ》る透明な液がながれていった。せんぱいはいった。冥利がわるいなんてもんじゃない。忘れようったって、ぜったいに忘れられるもんじゃない。裁判官はえらそうに判決だすけれども、じっさいに吊すのはこっちの仕事だ。裁判官なんて、だいたいお立ち台にもきやしねえ。ひどいのは、じぶんで判決だしといて、けろっと忘れたりしてる。忘れられた判決を、あるひとつぜん、おれらが執行させられる。大臣だって執行命令だしておきながら、死人にゃ指一本ふれやしない。殺せ、殺しちまえといってるやつらはみんなそうだ。じゃあ、あんた、じぶんでやってみっか？　そういったら、何人がやるかね。吊すなといってる連中だって、なにか実感があるわけじゃあない。言葉とじっさいに吊すこと、吊されることは、まるっきりべつのことだ。ひとのからだってのは、言葉よりやっかいだ。手に負えない。上か下かわからんが、おまえもいつかはやらされるだろう。やった者にしかわからないことが、これだ。おれは、ときどきな、鏡ってものをのぞけなくなる。ここにだれが映ってるのか……って。おれは人殺しを、吊して殺した。やつに恨みなんかなかった。法律のためにやったともおもわない。よいことをしたともおもわん。やつは最期まで獣のように吠えてあばれた。問答無用。おれはしめあげた。すぐに絞縄つけて落としたよ。使命感？　そんなもんともちがう、なにかがおれをうごかした。反射だ、反射のようなものがな。なにをとったって、たったのひとつもよいことのないこと。それをやったおれを、おれは哀れだともおもわない。おれはなにか醜いことをひきうけさせられたのだ。おれは醜いことをひきうけさせられたんだが、おれが、ひきうけたんだ。このおれが、な。そのことをおれはつごうよく散らさない。逸らさない。ゲロ吐きつづけたよ。三日間食えなかったよ。しかたがなかった、ともいいたくない。どこにも救いなんかない。おれは、おれが、やったことを散らさない。すじ道のようなものが、そんなものないんだが、もしあるとしたら、おれが、この手でやったということを、おれが、消さないことだけだ。

かれは目をつぶった。まなうらになにか四角いものがぼんやりとうかんだ。目をとじて、かれは地下一階をおもったのだ。地下一階は瞼のなかで、縮まり、一基の石棺になった。直方体の石棺が、脳裡にうかんだ。それはなににも吊されておらず、立脚する柱もなく、やや青みがかったスチールグレイの暗がりに融けいりそうになりながらも融けきることはなく、すこし上下にゆらぐようにしながら、灰色の底面を見せて、みずから浮かんでいた。石棺は箱。箱は浮遊体だった。そのまわりに、かれはびっしりと燈心草をしげらせてみた。丈の長い燈心草を。イグサを。燈心草の茎のさきに、あわい緑色の花をいっぱいに咲かせた。白く、ごく地味な花も咲かせてみた。おもったとおりに咲かせた。燈心草は、あたらしい畳のように、さかんににおった。燈心草をかれがおもうと、おもったとおりににおい、おもったとおりに、あるべき暗がりを、しめやかにつくった。石棺はそうであるべき影を、燈心草の暗がりにくっきりと落とした。呪文の男のうなり声が大きくなった。上からひと声、かんだかく鋭い声がふってきた。バネ仕掛けのように四人が起立した。かれともうひとりの補佐があわててゴーグルをつけた。そのとたん、なにかに打ちつけられて、脳天に穴があいた。頭蓋がわれた。それほどの音がした。どうじにカーテンがばさっとひらいた。石棺の底から懸垂下降してきた老人が、裸足の爪先を下にして、ゆがんでふくれた顔中の穴という穴から血を吹きながら、眩い光のなかを、独楽のようにくるくると回転している。老人はだれか相当の重量のある別人とおもわれた。首がまるでつきたての餅ではないか。あんなにものびてねじれている。暗くしろ。回転をとめろ。根まででたあの舌を口にもどせ。とびでた目玉を眼窩にもどせ。あたまから爪先まで全身を黒装束につつんだ者が、どこからか入りこみ、かれになにか早口で耳うちした。なにも聞こえなかった。かれはうたっていた。ゆーりかごのつーなを　きーねずみがゆーするよ　ねーんねこねーんねこ　ねーんねこよー……。かれはうたった。

# まんげつ

せいつけはってねて、おくってもろた、すっぽんのにこごり(れとるとぱっく)を、よなか、れいぞうこからだして、ちゃのみちゃわんにいれて、ちゃわんから、ずるずるおとたてすすってたら、なんや、ふしぎなにおい、いうか、けわいがするもんやさかい、きになって、にこごりすするのやめて、ちゃのみちゃわんの、すっぽんのかたちをかんぜんにうしのうてしもた、ぜらちんのもとすっぽん、まじまじとみおろし、それから、はなをくんくんしてまわりをみまわしたのは、なんだかこれからえらいことがおきるよな、いやいや、なんもおきんよな、もうおわってしもたよな、しかしなお、いまのこのこくこくが、とくべつにきをくばるべきなにかをはらんでいると、こくこくとかんじられたからだ。なんのにおいやろか、これ、なんのけわいやろ、にこごり、てらてらひかってんねん、とけながら、ふるふるふるえてんねん、そんとき、はいごのまどに、どでかいまんげつがはりついて、きんいろのひかりがさしこみ、すっぽんのにこごりをてらしてたんやが、そういうたかて、ゆかしとか、いとをかしとかいうんやのうて、なんやろ、とほいとほい、きおくのかわがゆられ、めくられて、だんだん、みずがむねにせりあがり、いまはのうなった、こきょうのしえいじゅうたくのちかくの、ぶらんこのあるくさちがみえてきてん、そこらへん、へびいちごの、みが、てんてんと、まめでんきゅうみたくあかくひかってんねん、きいろい、のげしもあったかもしれん、やえむぐらもはえてたやろな、うみなりがだあるくきこえてたん、いそくさかってん、いっつもねむたいねん、へびいちごくうてもどくはないねんけども、あおにがいだけでおいしうないねんな、それでも、おれはくうたで、あおにがいへびいちごつまんではくうたん、そこでや、そのばしょで、いっぴきのきったない、やせたははやぎが、ぶらんこにひもでつながれてたんやが、ひるま、こちらにしりむけて、こやぎを、ぼっとんと、うんだんやな、めえとなきもせんで、ただ、ぼっとんと、いっこのぶったいを、たいがいにおしだすみたいに、うんだんやな、こやぎうんで、どうじに、ざざーっと、しりから、みずみたいなもんだしてん、いそくささがまけるほど、あたりがきゅうになまぐさくなりよってん、しんでたかおもうたこやぎが、ひくひくうごきだして、あしつっぱってたちあがり、ははやぎのほうは、じゅうとくのせいしんびょうかんじゃみたいにむひょうじょうで、うすあおに、はいいろのまじった、びーだまみたいなめをして、こやぎをしきりになめてはったねん、よる、おなじばしょにいってみたら、ははやぎもこやぎももうきえていて、ぶらんこのそばのくさむらに、こんもりひとかたまりの、はんとうめいな、かんてんまたはくらげいうか、ぜりーじょうのもんがあってな、つきあかりにてかてかひかってて、ふるふるふるえてんねん、こやぎがうみおとされたところとまったくおんなじばしょやねん、へびいちごの、みが、ひるまよりもっとあかくうれて、げっこうにてっかてかあかくひかってて、あたりのけわいがひるまとちごうて、なんや、えたいのしれんかんじでな、しょうわるいうか、けったいなんや、のげしまでみょうにいきいきとしておって、はなかて、きいろみまして、いまにも、はでにおどりだしそうになっていた。こどものおれは、つきとうみをせにし、へびいちごをおおって、へびいちごの、みを、てんてん、もうろうとすかしみせている、ははやぎの、もはや、なかにつつむものとてなくなった、むようのようまくを、うちゅうをみおろすようにじっとみおろし、こくこく、かならずしも、ぜんでもなければ、さればとて、あくでもない、こけいぶつでも、えきたいでもない、なにものでもない、まんげつのたらした、*えなのように、こくこく、ひたぶるに、さびしげに、たけてゆくもの、ただむなしく、つきよに、ひとり、くらげのごとく、たぶれてゆくしかないもの、なるほど、いわれれば、ははやぎのようまく、もしくは、えなそのものではあるのかもしらねども、つつむたいじはすでになく、もうなにものもないほうせず、ないほうされず、ほうせつせず、ほうせつされず、つきあかりに、すかしみれば、あかいちの、こごりのような、へびいちごのみらしきものが、いくつかあっただけであったのだ。そして、そこから、よぞらに、なにかがかくしようもなく、ただよい、におってゆくもんがあるさかい、なんや、なんや、とかんがえましてん、けどもわからへんのや、なにかがにおう、なにかがたけり、たぶれる、しずかにくるふ、このこくこくのしゅんかん、もめんとの、ぱるすいうか、たぶれゆくものの、はくどういうか、なんやわからへんのやけども、ああ、こくこくを、おれはほねみに、ずきずきと、かんじたのだ。にこごりはさびしや、なんて、よういわんわ。こくこく、しずかやのん、ああ、しずやかに、たぶれてまうのん、うち、こはれてまう、こはれてしまいまするがな、て、やぎがうまれたひの、つきよにおもひ、いま、こうして、すっぽんのにごり、ちゃのみちゃわんにいれて、とけかかるのを、しげしげとみいり、とほいよるといまのよるを、とかし、かさねて、ぼんやり、やっとわかったことがないでもない。あのつきのよの、ようまくは、あたりのしじゅうといふししゅうをすいとり、いま、ちゃわんのなかでつかれ、つかれはてた、じょじょに、つまらないみずとかしつつある、にごりは、さけとてんねんすいで、ちょうじかん、げんけいをまったくとどめないほど、とろとろとにこまれたものであるにもかかわらず、おれのからだの、おくそこのにほひ、くさみ、えぐみを、ついにけすことができずにいて、とほいあのつきのよの、やぎの、ようまくの、にほひとまじりおうて、まなかひに、きんいろの、まんげつひとつ、ぼかっとうかべて、いまだかつて、すっぽんのにごりなんか、くうたこともみたこともあらへん、くたびれたびんぼうにんには、いわれなければ、これがまさかおれのからだとも、すっぽんともわかるわけもない、そのじつ、おれじしんの、しょうべんいろのにこごりを、おれはこんや、つきをせに、ぼうぜんと、みおろしている。

＊えな　胞衣

# 霧の犬 a dog in the fog

i

霧であった。無蓋貨車がゆっくりとはしっていく。夜がゆれる。シロツメクサがぬれている。バリケードもぬれている。いつからかずっと霧だった。こまかな絹のくず。霧がどこからともなくわいていた。霧はずっとふりやむことがなかった。霧は灣《いりえ》からわきでてながれ、すべてにたちこめた。すべては霧にひたされつづけた。男はとてもおちついていた。男はすこしも痛くはなかった。街は霧にとじこめられていた。すべては霧にひたされつづけた。霧の空をアメフラシの群れが一列にゆっくりとはっていた。どこからどこへはっているのか。わからない。アメフラシは霧にかすんでいた。アメフラシが霧をはいているのか。霧がアメフラシをはいているのか。あまりはっきりしない。霧はアメフラシと気脈をつうじていた。呼応しあっていた。霧はその内がわからもりあがったり、ふくらんだり、うねったりした。はるかとおくから、かすかに男の声がながれてきた。なんの声かわからない。霧は絶えることがない。霧をぬって声はあった。ひとすじの声があられた。声はとぎれた。霧にすわれて声は消えたりうかんだりした。夜は青みがかった乳色をしていた。霧はとめどなくながれた。イトミミズが霧の底で赤くよわく発光していた。霧はそれじしん、なにかをおもっていた。それは、もうはじまっていた。おわっているのかもしれなかった。はっきりとしなかった。それはみえなかった。夜は霧とともにゆっくりとながれていた。シデムシがはっていた。音という音が霧にすいとられてしずまりかえっていた。男は霧にかすむとおくの灣《いりえ》をおもった。そこには、ときおり水柱があがった。男は灣のむこうの海原をおもった。ばくぜんと。海原でも銀色の水柱がたった。おもうのはとてもかんたんだった。おもわれたものはかんたんに消えた。灣の松林をおもった。灣が霧に消えた。ついで松林も消えた。それから、犬をおもった。霧にぬれた犬の犬くささをおもった。ぼんやりと。やすらいだ。霧をとぼとぼとあるいていく一匹の犬をおもった。犬は三本肢だった。霧はたえずわいていた。しかたがなかった。霧はしかたがなかった。三本肢の犬があるいていた。犬はゆれた。しかたがないのだ。よろよろとあるいていた。犬は男のなかの霧をあるいていた。犬はときどき、霧にとけた。消えた。霧はたえずあった。男は、だが、霧があるとはおもわずに、霧にあられる、とおもった。受けみで。あるのではなく、あられる。あるのではなく、気がついたら、すべては、あられてばかりなのだ。すべてのあられ。万物のあられにかこまれるのだ。すべてのあられとたちあらわれに。霧。夜。アメフラシ。イトミミズ。ときにシデムシ。それらにつつまれ、はわれ、ながされるほかない。

ii

霧のなかを無蓋貨車がゆっくりとはしっていった。うたがいもなくかくていしたじじつとしてはしっていく。無蓋貨車は霧の奥へとはしっていく。荷物はたぶん戦車だ。戦車だろう。あんなにながい砲身がみえるもの。なぜかくさないのか。なにがおきたのか。とどのつまり、なにがおきなかったのですか。霧は微茫として青く、瀞から大海原へとながれていく。反転したりもする。大海原から瀞へ、瀞から坂へ。たぶん世界はもうこわれていた。世界ははじめからこわれていたのかもしれない。はじめからこわれた形状と質量のものは、こわれたものでさえない。たんに「こわれ」という現象である。なにひとつ根拠はなかった。なにひとつ明白ではなかった。しかし、茶色ってあるいていた。ツメクサの原をひとり港にむかってあるいていた。ツメクサの花は霧ににおった。なにかの薬くさくにおった。不審者はアシハラノシコオであるといいたいところだが、アシハラノシコオではなかった。不審者は不審者である。どちらにせよ、不審者でないものはいない。かれの頭上に月はあった。だが、とてもみえにくかった。不審者は隻眼だった。片目。右目は黒い穴であった。大気に剝きだした骨壺の口であった。そこから霧がわいていた。しむしむしむしむ。しむしむしむと霧はわいた。しむしむしむ。黒い穴の奥の、黄ばんだ骨片がしけった。しかたがないじゃないか。不審者はあるいていた。片目と黒い穴とをもって。海はとおくにかすんでいた。烟波縹渺《えんぱひょうびょう》たり。煙月ときに幽趣あり。けっ。けっ。けっ。だからどうしたというのだ。不審者は声にせずうそぶいた。わろた。不審者は釣り竿をもっていた。イカを釣りたくなったのだ。不審者はわたしであった。あるいは、わたしによってさしむけられた不審者であった。なにもおかしくはない。わたしはなんだって霧にさしむけるのだ。ひつようがあれば、かまどだって。つまり、へっついだって。三半規管だって。V字形の舌骨だって。わたしじしんだって。上空ひくくなにかがとんでいた。夜色《よるいろ》のヨタカだった。ヨタカはないた。キョキョキョキョキョ

キョキョとないた。ヨタカはみえなかった。わたしによってさしむけられた不審者はなにかをひくく胸でうたっていた。左肩にみえないヨタカがとまった。

iii

男はものうかった。これといって不満なことはなかった。「ふ」のことは不快といえば不快な記憶である。だが、この霧である。かんがえなければよい。男はねむかった。夜、男の主体は割れた。パカーンと割れた。よく割れちゃうのである。男はわたしだった。なんだかよくわからなかった。とてもものうかった。つかれもあった。なにがなし、だらしがない気もした。ひたされ、ながされているからかもしれない。さっき、とっくに消費期限のきれたリポビタンDをのんだ。そして、霧の色の名をかんがえようとした。名前などどうでもよいのだが。あられる夜の色。あられる霧の色。ひょっとしたら、これがフォグブルーというものなのだろうか。月がでかかったときに藍色がぼんやり白む不思議な色あい。いま、じっさいには月などない。月は、あられない。あられません。なのに「月白色《ユエバイスー》」という中国のことばをおもった。この夜空はフォグブルーより月白色だろう、とさほどの根拠もなくかんじた。狂《たぶ》れた月白色……。この色のなかにすべてはこのままひたされて沈んで消えてゆけばよい。いっこうにかまいはしない。そうおもった。霧は、しかし、さだまった色をもたなかった。霧の色は変わった。こくこく変わった。男は居間のカーテンをすべてあけた。あらわる霧とともにありたかった。あらわる霧のなかにありたかった。窓のそとはビロードのぶあつい天幕におおわれていた。それはところどころ筋状の青い光沢をおびていた。光沢はたんに窓の水滴の反射だったのかもしれない。しかし、音もなくなにかがきざしているとかんじさせた。きざしているものがどれほどわるいことか、それはわからない。きざすとはそういうことだ。未生の、しかし、たちはじめの靄《もや》の無りんかく。そのなかにきざしはあった。霧はたえずわいていた。しむしめしめしむしむるしむれ、とわきつづけた。わくのだ。しかたがないのだ。三本肢の犬が男のなかをすぎ、霧のなかにかき消えた。ながれている。なにかがながれている。聞こえる。うつくしい声。なにか妖しい声。生首がうたっている。とおきくにやうみのはていずこにすむたみも……。声、消える。首、うたう。ふけゆくのはらのしじーまやーぶりーみつかいーたへなる……。

iv

ねむたい。わたしねむたひ。なんだかだるひ。わたしは運動公園のイスノキとマユミの盗伐《とうばつ》のことをまだちょっとひきずっている。「む」のこともずっとひきずっている。どれほどながくひきずるのかはわからない。イスノキのじけんとかかわりがあるのかないのか、まったく不分明なのだけれども、気になっていることがもうひとつある。女性訪問整体師「ゑ」さんがずっと行方不明であること。「ゑ」さんは街から逃げず死にもしていなかった。「ゑ」さんは善の人である。その「ゑ」さんがあられなくなった。消えた。「消え」はしょっちゅうある。この街では行方不明はすでに日常茶飯事なのだけれども、どうもひっかかる。わたひは「ゑ」さんとやってはいない。ただ、お世話になっております。かのじょは消されたのではないか。不安というのではない。すっきりしたというのでもない。ただ、樹の消失と「ゑ」さんの消えにはなにかかんけいがある気もする。「む」のことも他ときりはなされてはいないのじゃないか。気にはなる。この霧である。気にしたことをどれほどながくひきずるのかはわからない。いつだったか、「ゑ」さんがアパートにくるやいなや声をひそめておしえてくれた。ひともまばらな駅まえで、やせて顔色のわるい青年によびとめられたという。霧のまえのことだ。「恐怖党」と印刷されたバックパネルを背に、ワイヤレスマイクで演説をしていたあの極右の男だ。「ゑ」さんはかれをキョクウとはいわない。かのじょのなかには極右ということばがない。「ゑ」さんはかれを「やせた男のひと」という。あの坊主頭。シデムシ。片耳に銀色のピアスをしているその男にかのじょはよびとめられた。「こんにちは！　握手しましょう」。「ゑ」さんはためらった。「わたしこの街の者ではありませんので……」。男「いいんです、どこの街でも。こんなときです、みんななかよくしましょう。ね、握手しましょう」。しつこくせまられた。けっきょく、握手したのかどうかわたしは訊いたが、「ゑ」さんははっきりとは答えない。「ゑ」さん「無理やり手をひっぱるんですよ……」。わたし「それで握手させられたということ？」。かのじょ「いえ……」。このひとはものごとをはっきりといわない。きっと握手したにちがいない。かのじょの指は、整体のしごとにあわず、一本一本がキアゲハの幼虫。あまりにもやわらかい。「ゑ」さんの指は、あいまいにひらきかげんのまま、極右の男の骨ばった手のひらにつよくにぎられたのだ。それははた目にはふつうの握手にみえたにちがいない。この霧のまえ、駅頭の握手についてはちょっとしたうわさがあった。あの男たちはああして握手まがいのことをしているシーンを仲間にものかげからこっそりと撮影させ、じぶんたちにつごうよく編集して、別人の音声をかぶせたりして秘密集会で上映しているのだ。「がんばってください!」。「期待してます!」。いってもいないそんな声を「ゑ」さんが発したようにされている可能性がないとはいえない。いっていないことを、いったとされる。いったことをいわなかったとされる。おもってもいないことをおもっているとみなされる。「恐怖党」の党名は反語的なシャレなのだそうだ。じっさいとは反対のことをいって、暗にほんとうのきもちを表す。といったって、ほんとうのきもちがよくわからないのだ。ほんとうのきもちってなんだ。どうでもよい。わたしはときどき「む」のことをわすれる。あまりおもいだしたくないのかもしれない。「ゑ」さんは丸刈りだった。たしかそうだった。「恐怖党」は「ふ」となんらかのかんけいがある。あるらしい。「ゑ」さんは「ふ」をよびすてにしなかった。「ふ」さんとよんだ。「ゑ」さんはどんなひとにもさんをつけた。それでイライラさせられることもありました。わたひは「ゑ」さんにときどき整体をしてもらっていた。

V

霧のまえ、わたしも駅の階段のしたであの男によびとめられたことがある。あの男は「き」だ。恐怖党員の「き」だ。き「こんにちは！　握手しましょう」。ちかよってきた。「き」の首のあたりから、あれはむかしかいだ膠《にかわ》のにおいがしてきた。犬か猫の腐乱死体。または獣を毛皮ごとあぶった、おだやかでない臭気。わたしはそれに反応し眉をひそめた。シデムシ。かれは眉をひそめられるのをなんども経験しているのであろう、さっときびすをかえした。握手をもとめてくることはその後二度となかった。ねむい。ねむたひ。わたしはのろのろとうごいていた。うごいてはいたが、なにをしたいのだったかもう失念している。霧の夜を選挙カーがとおりすぎていく。きょうび選挙などやってはいない。選挙どころではない。とおるわけのないものがとおる。これだからいやになる。拡声器の音が風にながれる。「明るくて声のおおきい……に……わるい……はいません……」。「えんそかわにのめども、みなさん、……はらをみたすにすぎず、というじゃありませんか、みなさん……」。わからない。いいかげんにしてほしい。なにをいっているのだろう。なんだか腹がたつ。いやになる。わたしはちょうどそのとき、クローゼットでサボテン・多肉植物用肥料のはいった紙箱をみつけた。サボテン・多肉植物用肥料をさがしていたわけではないのに。気がついたら、男はうす暗いクローゼットにいた。のだ。なぜか。なぜなのか。それをわすれた。もしもなにかをさがしていたのなら、なにをさがしていたのかを忘れた。げんじつのながれがとだえている。げんじつというふのがあるとしたらのはなしだが。サボテン・多肉植物用肥料の紙箱の記載をみると、十年もまえに製造されたもので、ビニール袋のなかにウサギの糞そっくりの黒い粒状の肥料がぎっしりとつまっていた。「追肥は五号鉢に八粒を鉢のふちにあたえます」「元肥、五号鉢八粒、直接根にふれないところにいれます」。元肥のほうには助詞が三つほど省略されていた。なぜなのか。なぜ助詞をはぶくのか。わからない。それに、元肥ってなんだろう。げんぴ、か。なら原肥ではないのか。よい。もうよひ。いちいち問わないことだ。ただ、こういうことであり、ただ、そういうことなのだ。はい、さうですか、でよひ。書斎の窓ぎわにサボテンの鉢があるけれども、何号鉢かわからない。肥料の使用期限がいつかも不明である。窓ぎわのサボテンにこの肥料がきくかどうかもわからない。なにも指標がない。しらべる気もない。このふかい霧の宵にサボテンに肥料をやる。どういふことだ。ビニール袋から四粒をとりだして鉢のふちにおいた。犬がひくくうなっている。三本肢の犬だ。においがいやなのか。四粒をおいたことになんの根拠もありはしない。紙箱をまたみる。カランコエにもあう、と記してある。カランコエといわれても、カランコエをみたことがない。いやなかんじだ。肥料はかすかに獣の死骸のにおいがした。駅頭の極右の男「き」をまたおもいだした。「恐怖党」。極右なんていったって、極右かどうかほんとうはわかりはしないのだ。名辞と実物はかならずずれる。なにもかんけいないこともある。なぜそうなってしまったのか、もとからそうなのか、わからない。シャレがほんとうになったり、ほんとうがシャレになったり。このにおいはずいぶんとおくの野によこたわる骨と皮だけになった骸《むくろ》が風にのせて送ってくる、過去の死のにおいだ。においはすでにいきおいをうしなっていた。クローゼットをでたら、犬が心そこおどろきいったという面もちでわたしをみあげる。変だ。その異様なまでのしんけんさは、みるという、対象への間隔をおいたかかわりではなく、目から目へとじぶんの意識をさしこんでくる無えんりょな行為である。犬の視線に男はおもわずひるみ、男がひるんだことで、犬もひるんであとじさり、わたしたちは初対面の者どうしとなってたがいに警戒しつつじっとみつめあう。犬はどうやらおどろいているだけではなく、いやはや、あきれましたよ、といった目の色をしている。親しみはこれっぽっちもない。だいいち、わたしは犬を飼ってはいなかったのではなかったか。しかも三本肢の犬なんて。なにかがおきているのかもしれない。なにがおきつつあるのか、わたしにはわからない。わたしはぎょっとし、どうじになにか失望する。犬をいいようのない異物にかんじてしまいすこし傷つく。ただし、これはまだかずある擦過傷のひとつにすぎない。サボテンの鉢は陽あたりのよくない東がわの窓べにある。たまたまそこにおいたのだ。いかなる意ももちいずに放置した。そのあたりからも霧がはいってくる。肥料の発見、箱の記載内容、施肥の行為、死骸のにおいを、ほんのかけらだけをのこし、わたしはほどなく忘れるだろう。ほら、犬がもう消えた。ひどい霧だ。「ん」がよろよろあるいている。目にはみえないヨタカを肩にのせて。港へと。「進入禁止」。黄色くぬられた可動式鉄柵にぶつからぬように「ん」があるく。鯨骨のバリケードがぬれてにおう。歌がながれている。なぐさめもてながためになぐさめもてわがために……。なんてうつくしい声だろう。あれは「ゑ」さんの声ではないのか。なぐさめもてながためになぐさめもてわがために……。

## vi

世界と名のつくごたいそうなものは、名前とそれぞれがそれにいだく印象だけで、もともと世界なんかなかった。んなかりた。のだ。あるかないかは、ものごとの基本だったのに、あるとないはものごとの基本ではなくなっていた。ひとびとはあるふりやないふりをしていた。霧のまえからそうだった。ひとびとはあるふりやないふりを、とくにフリではないとおもっていた。隻眼の不審者がひとり霧のなかを港にむかってあるいていた。不審者はリュックをせおっていた。不審者は「ん」だった。不審者はとくに「ん」でなくてもよかった。「ん」はわたしがさしむけた「ん」だった。かれはとても老いていた。不審者は丸刈りではなかった。その男は、左右がそろわないあるきかたをしていた。対であるべきものの一方が欠けたり、リズムのあわないすすみかた。ベコタンボコタンとあるいた。左手に釣り竿をもっていたのだ。釣り竿はイカ釣り用だった。霧がたちこめていた。ほとろほとろとたちこめた。わたしはどことなく割れていた。サボテンの肥料を忘れた。消えた訪問整体師「ゑ」さんのことも忘れかけている。「ゑ」さんはなんとなくすきじゃない。なんとなくすきになれないひとは、たいてい、わるいひとじゃない。善の人だ。不審者「ん」はなにかこごえでうたっている。わざと女みたいな声で。シャレだ。まったくおわらいだ。イカサマだ。

## vii

青みがかった霧の奥そこを、こい藍色の影がゆっくりとすべってゆく。トビエイであった。霧の夜空をトビエイが泳いでいったのだ。トビエイは藍色の影になった。トビエイの遊泳はとてもきれいだ。トビエイを男はすこしうらやむ。かたちがいい。トビエイはアカエイより優美だ。尾がいい。霧をきるほそながい鞭《むち》。下からみるといっそううつくしい。ゆったりとしたひれの波うち。細ながい尾が霧にゆらめく。すぎさったトビエイがゆっくり反転して、こちらにむかって泳いでくる。なにも怖くはない。エイはおとなしいのだ。霧のなかから泳ぎくる影。泳ぎさるトビエイの影。トビエイの霧がすこしなまぐさくながれている。それらは霧のなかの濃霧の帯である。濃霧のなかの黝《あおぐろ》いながれだ。トビエイは青白くぬめる腹をみせて霧をとび、ほどけて、霧とひとつになる。とおくでなにかの声がする。あまり気にはならない。声は一本調子だ。あれは、たすけをもとめているのではないだろう。他とよびかわしているのでもない。あの声はなにかをねがっているのでもない。あの声はなにもねがってはいない。悲しんでもいない。無蓋貨車はもうずいぶんとおくをはしっている。

## viii

のろのろと寝支度をしながら男はあられる霧のことをからだのうす暗がりでかんがえていた。からだのなかにも霧がわいていた。からだのなかにも、静かに霧はあられた。頭のなかにも。それで、おぼろおぼろになにごとかおもったのだ。わざわざ記すまでもない、たあいもないこと。が、ひらめいた。霧にただたちこめられるのではなく、あられるのではなく、あるいは霧をただながめるのではなく、霧となってたちこめたらどんなものだろうか、と。トビエイになって、または、一枚のノコギリエイの影になって霧のなかを泳ぎまわったらどんなものだろうか、と。いや、霧でも霞でも水滴でも雨でもエイでもよい。おおわれ、垂らされ、ふられ、泳がれるのではなく、おおい、垂れ、ふり、泳ぐ身になったらどうだろうか。たとえば、じぶんが霧雨となってしきりにふりしきる気分はどうか。あるいは男じしんがひとつの雫になって紅いポピーの花弁を蕊《しべ》にむかってつるりとすべりおちるかんじはどうだろう。おしくも蕊にいたらず、花弁から落下して、宙にかき消えるそのこころもちはどんなであろうか。そんなことをおもった。そうおもったことは、ごくちいさな付箋であり、記憶の目じるしである。記憶の付箋のつぎの行から、この話ともいえない話ははじまる。霧とともに。じぶんがひとつの雫になって紅いポピーの花弁を蕊にむかってつるりとすべりおちるかんじはどうか、花弁からつるりと落下して、宙にかき消えるこころもち。それはどんなか……そんなことをおもったちょうどそのときだった。インターフォンのチャイムが鳴ったのは。それで停電ではないことに気がついた。電気がつうじている。モニター画面に紫のずきんをかぶった女がうつっていた。紫ずきんだ。女がずきんをとった。どこかみおぼえのある女だったが、はっきりとしなかった。ベールのしたはさむざむしい丸刈りだった。男はおどろかなかった。男は丸刈りではなかった。女はなにもはなさなかった。女とやくそくなどなかった。あるわけがなかった。女は霧にさすうすい影となり、一階ロビーにたっていた。男は警戒もせず無意識に解錠のボタンをおした。霧がながれていた。霧はなにか思案していた。まとまりのよいものでなく、いつまでもまとまらない大きな渦状の思考であった。霧はなにかのうねりだった。まもなく女が部屋にはいってきた。男は女にあられた。それは、もうはじまっていた。隻眼の不審者「ん」が閉鎖した魚市場の路地をギクシャクとぶかっこうにあるいていた。「ん」はイカ釣り用の竿をもっていた。あるきながら小声でうたっていた。カストラートで。ラッシャー・キオ・ピアンガー・ミア・クルーダ・ソルテー……。歌に歩調をあわせている。そうしているつもりらしい。

## ix

丸刈りの女がかがんで男の足をあらっていた。わたしの足を。丸刈りというより、それはもう地肌が青白く透けてみえるほどの坊主頭だった。女は「あ」という女だった。「あ」は床にひざまずいて男の足をあらっていた。水音はほとんどしなかった。水音をたてないように、女は気をつかっていたのかもしれない。こんなにふかい霧なのだ。水音など気づかうひつようはないのに。どこかとおくでピアノの音がしている。

音、とぎれる。またなる。ピアノ音が聞こえる。その音は尾骨から頭へといっしゅんではねあがっていく。どこでなっているのかよくわからない。わからなくてもよい。ピアノの音といっても、音がつらなってなにかの曲をなしているわけではない。調律でもしているのだろうか。調律などしているばあいだろうか。あれはC3だろうか。鉄板を連続的にたたくのににた、とおくの工事現場。の音。しかし、どこかにさけびが封印されている気がする。いや、さけびが封鎖されているというべきだろうか。ピアノは幻聴かもしれない。幻聴なら幻聴でよい。幻聴でなくてもよひ。ピアノの音のむこうにきれぎれに声がながれている。男は女に足をあらわれていた。あらわれるあいだにも、霧はほどけていた。霧はとめどなくほどいていた。霧はにじんでいた。女はずっと無言であった。女が男の足をあらっていた。それについて、いちいち釈明するひつようはない。男は「ゐ」という男だった。「ゐ」は、ま、わたしだ。男はとくに「ゐ」でなくてもよかった。「ゐ」はなにもわたしであるひつようはない。男は女をだまってみおろしている。女「あ」はしずかに男の足をあらっている。足をあらうように、男は「あ」に命じたのでも、こうたのでもない。命じたりたのんだりしたおぼえはない。しいてもいない。気がついたら、女がだまって男の足をあらっていたのだ。

責任を回避しているのではない。たんなるじじつ。たんなるじじつほどわかりにくいものはない。居間のソファに男はすわっている。傲然と、ではない。ソファにあさくすわっている。うえからみると、かのじょは男の足をかかえこむようにひざまずいている。男と女は、靴みがきとその客とおなじ位置かんけいにあった。もしくは、こう者とこわれる者。優位と劣位ににた位置に。女「あ」は、しかし、なにもこうてはいない。男はなにもこんがんされていない。優位でも劣位でもない。男は人市場《ヒトマート》で「あ」を買ったのではない。だいいち、人市場もいまは閉鎖中だ。商品はみな、死ぬか逃げるかした。男は女になにも問うていない。男は女になにも問われていない。窓のそとで夜が青びかりしている。しだいに白みがとれて、夜が青くつやめいている。ウルトラマリン色にうねっている。霧とともに夜は音もなくながれている。女はふせた顔をあげようとはせずに、男の足をむしんにあらいつづけている。女はそうみえたけれども、まったくのむしんだったかはわからない。女がだれかを男はあまり知らない。女はこの霧のなかを音もなく泳いできたのだ。霧の奥から、おしだまって泳いできたのだ。男は、はじまったそれをいっときわすれていた。一匹の犬が霧のなかをあるいていた。足をあらわれている男とはちがう、べつの男の声が、とおくにながれては消えた。声はすこしも緊迫してはいなかった。「ん」は港にむかいあるいていたのだ。「ん」は、やがては跨線橋をわたるだろう。わたしは足をあらわれていた。夜はすこし犬くさかった。

x

いごこちが、ふいにずるっとずれる。足下や尻のあたりから。しばしばそうなるのだ。わたしは音なく割れる。霧のなかに「ん」とはべつの男がいた。「て」であった。「て」は、テロリストの「て」ではなく、彫り師の「て」だった。とてもふきげんな彫り師だった。かれは丸刈りではなかった。老いた彫り師「て」は、街から逃げなかった。「て」はがんらいあまりひとにかんしんがなかった。未来にもげんざいにも過去にも興味がなかった。したがって自殺しもしなかった。自殺をかんがえもしなかった。「て」は隻眼の不審者「ん」を知っていた。「て」と不審者は、しかし、友人ではなかった。「て」にも不審者にも友人といえる友人はいなかった。霧のまえのことだが、わたしは「ゐ」と「ん」と「て」に、「ふ」とその一味のしゅような幹部らを屠《ほふ》ることを、あくまでもじょうだんめかしてだが、提案してみた。いわゆるテロルを。「ゐ」はちゅうちょした。殺《や》りだしたらきりがないじゃないか。「ふ」を一個体とかんがえるのはちがうだろうな。「ふ」とその一味はボルボックスどうようの群体なのだよ。群体はきりがない。そういうのだ。「ん」は「ふ」だけなら、ゆきがけの駄賃だ、殺ってやらんでもない、と応じた。よしあしじゃあない。気分の問題なんだ、これは。それいじょうではない。それいかではありうる……。だが、いかんせん、「ん」は右脚に古疵《ふるきず》があり、尾行や襲撃にじゅうぶんなたいりょくをもちあわせていなかった。「て」は非情ではあったが、おおむね刺青にしかかんしんがなかった。「て」は聞く耳をもたなかった。あるいは、聞こえないふりをした。彫り師「て」は、いましも霧のおくで身をこごめ、ひとりの死者に刺青をいれていた。きょうび死者はいくらでもいる。キキョウ色の墨汁をその死者の肌ははねつけ、キキョウ色の液は霧ににじんだ。老いた彫り師は熱帯魚店レインボーアクアリストの主人の妻とやったことがある。やったのだ。しかし、そうであることとそうではないことに大きな差などあるだろうか。やったこととやらなかったこと。なんのちがいもありませぬ。彫り師は熱帯魚店レインボーアクアリストの主人の妻のせなかに酸化鉄をいれたことがある。ベンガラを。

ベンガラをいれてみたかった。そのためにやったのだ。したのだ。「て」は霧のなかで死者に彫りをいれていた。身をこごめ、無言で。「て」は霧に刺青をいれていた。キキョウ色の液は霧にながれた。「て」はなにものにも刺青を彫らずにはいられないのだった。そのころ、すなつく「ほ」のママ「な」は、なにかクネクネしたものを調理しながら、つぶやいた。クネクネしたものはまだ生きていた。「あゝ流れたり流れたり　水いろなせる屍と　ひととをのせて水いろの　水ははてなく流れたり」*。「な」は、そして、フッとわらった。片目の男が港に着いた。港にはたくさんのバリケードがあった。バリケードの基礎部分には古い錨がつかわれていた。鯨骨もつかわれていた。バリケードは有体物ではあった。バリケードは、しかし、とっくにおわっていた。

## xi

女がかがんで男の足をあらっていた。霧がながれていた。霧のはてはみえなかった。男はおもいだそうとした。なんでもよかった。おもいだそうとした。「ゐ」さん。よいひとだ。わたしには脊椎、肩甲骨、上肢、下肢のぜんぶにゆがみとズレがあった。

「ゑ」さんはそれらをすこしなおしてくれたが、すぐにゆがみとズレは生じ、「ゑ」さんはまたすこしかいぜんしてくれた。ズレとなおしのくりかえし。それでよかったのだ。「ゑ」さん。けっきょく、あのひとも逃げたのか。あまりおもいだせなかった。無蓋貨車がはしってゆく。霧にはさかいがなかった。跨線橋や進入禁止の鉄柵にわずかばかりの電飾がともっている。さかいはあられなかった。内と外があられなくなっていた。こんなにもふかい霧だというのに、どこかでだれかが焚き火をしていた。焚き火はぼんやりとあられた。パチパチと音がした。音はあまり爆《は》ぜずに霧にすわれた。深紅の炎が霧のために珊瑚色にうすまっている。コーラル色に。だれかが霧のなかでなにかを燃やしている。だれかの唇はうすかった。だれかは横顔が男の父ににていた。どうということはない。だれかはだれかににるものだ。だれかはだれかににられる。にられてしまう。「ゐ」の父は焚き火がことのほかすきだった。男の父は焚き火のとき、どてらを着ていた。父は焚き火のとき、よそみをしなくなる。無言になった。男は子どものころ、焚き火の炎ごしに父の顔をみたことがある。父は炎をみてはいなかった。父はまったく別人の顔になり、炎ごしに過去をみていた。このひとはひとを殺したことがあるな。男はかくしんした。かくしんしてもいたしかたがない。かくしんしたからといって、どうということはない。どうということはなく父は死んだ。熱い、熱い、ジュウソウ(銃創?)が熱い、ラムネがのみたい。といった。そのとき、父の孫、わたしの息子「む」は、ほぼこわれて病院にいた。が、そこから脱走して、鉄腕アトムになり、ビルの屋上からとびおりて死んだ。その母、わたしの妻「つ」はその後、オートラオピオイドルミンをのんで安楽死した。めずらしくもないはなし。おはなすぃ。焼きつくされる過去。霧がふっている。鯨骨のバリケード。ときおり、銃声。ピアノの音。なにかわからない声。坂のおおいこの街に霧がながれている。女「あ」が男の足をあらっていた。男の足はうつむいた丸刈りの女にあらわれていた。女はなにもはなさなかった。男もはなさなかった。はなさなくてもよかった。困らなかった。ながれる霧をひとりの犬があるいていた。ノアザミがぬれていた。犬はごくゆっくりとあるいていた。三本肢の犬が霧のなかをあるいていた。犬は男のなかをあるいていた。犬は男の胸をかすめてあるいた。霧がながれていた。ましかませましましましか、ましかませましましましかと、霧がわいていた。

坂のおおいこの街にはもうあまりおおくのひとはいなかった。男は女に足をあらわれていた。男はきもちがよかった。ふと、〈こんなことでよいのだろうか〉とおもったが、ほんのちょっとおもっただけのことで、足をひっこめるまではしなかった。反省はなかったのだ。反省する理由がなかった。男は霧のなかで女「あ」に足をあらわれていた。女はときおりたてひざになったり、ひざをまた床にもどしたりした。女は手指の腹をつかってさすっただけでなく、四つか五つの指の関節をまげたりひらいたりして男の足をつつみ、やわらかく押したり、足指や甲をかるくたわめたり、そうかとおもうと、両の手を足から数秒のあいだ、離し、足を無じひにおきざりにしたりした。その意味を男はよくわかりかねたが、あらうという動作の技法にかかわることではなく、宙づりというのか、あらうのでもあらわないのでもない、これは説明のつかない意思の空白というものではないのかとおもった。ひょっとしたら、他人の足をあらいなれているのではないか。いわゆるプレイというやつか。じらしているのかしらん。

男はそうもいぶかった。だが、いまさらいぶかったところでしようがない。せんかたなひではありませんか。つまりは、どちらでもよいのだ。男はじれなかったし、それにいぶかったときには、手指はもう男の足をふたたびとらえていたのだ。女はときおり唇をすぼめて息をすいこんだ。なんだか意地わるそうな横顔がみえたけれど、そうみえるだけで、意地がわるいのではないともおもわれた。かすかに「ふっ」と、なにか声ににた音がした。男は口のなかでひくく「ヘア」といってみた。hare のスペルが霧にうかんで、すぐに消えた。男は「ん」をおもい「て」をおもった。「ん」はじぶんが半ばだれかからさしむけられた者であることを知っていた。「ん」はそうした者として、テロをしにではなくイカを釣りにゆくのだ。そうするしかないのだ。「ん」は「ゐ」で、「ゐ」のほうに意識をさしむけているおもいがないではなかった。いっぽう、「て」のほうは「ゐ」からさしむけられた者であることをよりつよくかんじることがあった。「て」は「ゐ」ないし「ゐ」から割れる無数の者の意思の代行者であった。そう気づいたとて、どうなるものでもないのだが。わたし――「ゐ」――「ん」――「て」は、わたしという一個の者であったが、しばしば四つに割れた。霧はながれた。ふしだらにながれた。

xiii

いぜんは、ごくごくまれにだが、手紙ははいたつされることもないわけではなかったのだ。しかし、それらはあらかた霧にぐっしょりとぬれ、字が霧にながれて判読がこんなんなものばかりだったのであり、かりになんとか読むことができたとしても、とんでもない誤配か、何年もまえに投函されたものなのであった。そうこうしているうちに、郵便はいたつ員たちが逃げるか死ぬかして、郵便はいつからかピタリとこなくなった。宅配便もこなくなった。新聞はもうなかった。テレビは放送していなかった。ラヂオはすこしやっていた。携帯電話はつうじなかった。インターネットもつうじなかった。よく停電した。市長は逃げた。副市長も逃げた。収入役も逃げた。市情報保全監察室長は逃げなかった。市情報保全監察室長の妻は恐怖党員だった。教育長は死んだ。いっぽうで恐怖党員数人が拳銃で顔を撃たれ殺された。犯人グループはわからない。恐怖党員が恐怖党員を殺し、反恐怖党メンバーのせいにすることはしょっちゅうだった。子ども動物園の園長も死んだ。オートラオピオイドルミンをのんだのだ。飼育員たちは逃げた。動物たちが逃げた。ツチブタが逃げた。アジアゾウが霧のなかをあるいていた。コビトカバが霧にとけて、黝《あおぐろ》い闇になった。隻眼の不審者は港にたっていた。タバコに火をつけた。「て」は霧にかがんで、女「た」の内股のとんでもないところに刺青をいれていた。霧がふっていた。「て」はかつて「ゐ」の意をうけて、「ふ」のふぇのごに彫りものをいれてやろうと内心おもったことがある。しかるのちに屠《ほふ》ろう、と。けれども、ばかばかしくなってやめた。「ふ」のふぇのごは想像するだに吐き気がした。「ふ」は夕トゥーにつよく反対していた。「ふ」はただのテイノーだった。そういう者がおおかった。けれども、「ふ」はみんなのなかに棲んでいた。みんなもテイノーだったからだ。「ふ」はたいへんわざとらしかった。そらぞらしかった。これみよがしだった。「ふ」は「ふ」についてかんがえるのがどれほどいやなことかを知る者たちによってしっかりとささえられていた。「ふ」の味方はどこにでもいた。「ふ」はもじどおりの悪人ではない。もじどおりの悪人なんていない。「ふ」はただ、ばかで凡庸であった。「ふ」は劣等感であった。「ふ」はまた、うらはらに優越感でもあった。「ふ」はそれじしん、のりこえがたい屈辱であった。すすぐことのできない恥辱であった。「ふ」はときに、さしでがましい善意であり、どうじに、あからさまな悪意であった。「ふ」は、みんなのもつそれらすべてを「ふ」として映じていた。みんなはある意味で「ふ」をひつようとしていた。惨状のわかりやすい原因と理由にするために、ふひつような「ふ」をひつようとしていたのだ。そのくせ、ひとびとは「ふ」を絶えずこばかにした。「ふ」はそれに気づいていた。気づいているのに、しかし、すぐわすれもした。「ふ」はいちじ、ひそかに割礼にかんしんをいだいた。割礼にかんしんをいだくわけがあった。そんなうわさがあった。「ふ」は割礼などになんのかんしんもないふりをした。「ふ」は「ふ」を軽蔑し侮蔑する者らの無能と無知と慢心をこやしにして、じぶんの地歩をかためていった。「ふ」は飛行機のタラップをおりるとき、ワイフの手をやさしくにぎった。そうすると、かれのふぇのごがもりっと張った。ふぇのごはとても硬い拳になった。

## xiv

男は足をあらわれつづけた。しかし、いつ足をあらわれはじめたのか、はっきりしない。足をあらわれるまえに、どうやらのびていた足の爪をきられたらしいのだが、あまり憶えていない。水はまだぬるくならず、ひんやりとしていた。足をまさぐる女の指は、冷たい水のなかで指の形どおりにあたたかなのだった。指節関節が内がわにまげられたり外がわにのばされたりした。男はこのさい、なにか意味というものをかんがえてみようとした。しかし、意味というものはすぐに霧にほどかれた。たやすくほどかれた。男はうつむく坊主頭に「ヘア」と、なにか吐息じみた音を垂らしてみた。ヘア。ヘ・ア。でも、後頭部も指も、なにも反応しないのだった。男はときおり逆になり、女をあらった。ここにして、かしこでもある、女の尻をしんけんにあらった。霧がふっていた。ピアノの音がかすかにあり、あられ、声があり、あられ、あられた。なにか他にも音はあったけれど、気にはならない。耳をすますほどのこともない。霧の奥がところどころ黝くなっていた。三本肢の犬があるいていた。犬の毛は霧にぬれていた。犬は線路をわたった。カンカンカンと鐘がなり、霧の奥で赤い灯がよわく点滅していた。地面がゆれた。犬がゆっくりとふりかえった。霧を裂くいきおいで電車がきたのだ。しかし、霧は裂かれてはいない。電車は霧にのまれ、黒い箱形の影になっていた。それは黛青色《たいせい》の無人電車だった。はしる影かもしれなかった。犬はそれをみおくった。犬はなにもおもわなかった。

霧がふっていた。しずかだった。まどろい夜だった。わたしはしゃがんで女の幽門をあらっていた。ゆっくりと、ていねいに。ていねいにあらうべきである、幽門は。幽門はくびれていた。霧の夜には女の幽門をだまってあらえばよいのだ。あらってやるのではない。あらわせていただくのでもない。ややや自閉的に幽門はしずかにあらわれるのだ。幽門からもとうぜん霧がわく。あらいつつ運動公園のできごとをおもった。わたしは知っていた。イスノキがない。マユミもない。あった樹がない。なくなったのである。かつて蒼々《あおあお》と生いしげっていたもの、目のまえのそこに、何本かがごくとうぜんのようにそびえていたものが、葉という葉についた醜い虫こぶごと、きれいさっぱりとなくなっている。盗まれたのだ。あるはずの樹々がそこになくなっていることも、なくなったそれらのなかにイスノキと無数の虫こぶがふくまれていることも、樹々がこつぜんとなくなったのはどうやらだれかに盗まれた結果であるらしいことも、このジグソーパズルのいくつかの断片として、ごくありふれた眼前の風景の表面と裏面をどこかでひっそりと構成してはいるだろう。運動公園に市役所と警察署連名の立て札が、立て札などだしてもどうにもならないのはわかりきっているのに、あった。そういうものだ。どうにもならないのがだれの目にもはっきりとしているのに、そうではないふりをして霧のなかに立て札をたてたりする。ばかげている。ばかげていないものなどなひ。××年×月×日ごろ、何者かが市所有のイスノキ、マユミなど十数本を不法伐採し、もちさった。事件をげんざい捜査中なので、樹木盗伐事案の状況を目撃したひとは情報をていきょうしてほしい。だれがていきょうなどするだろうか。数犬は運動公園のまえをとおった。運動公園も霧につつまれていた。だれかがいた。数人である。霧のなかに男たちが何人かいた。男たちのなかには恐怖党員やそのシンパもいた。みな無言だった。全員丸刈りだった。電動ノコギリで樹をきっていた。イスノキとマユミをきっていた。立て札があったってなくたって、けっきょくおなじことだ。木くずが霧にぬれた。公園には他に、ニガキ、コノテガシワ、トウネズミモチ、トウカエデ、ノリウツギ、アキニレ、コナラ、コブシ、ナツメ、ウバメガシもあられたのだが、イスノキとマユミだけがしつこくきられた。なぜかはわからない。ひとびとはきりおわると樹をトラックにはこんだ。イスノキとマユミは根方からきられ、きり株だけが霧にのこった。イスノキとマユミはなくなった。無かれた。無かれてしまった。イスノキとマユミはすでに盗伐され、あらかたが無かれたのに、さらに無かれた。無かれてしまった。なぜかはわからない。目的や理由や意思や動機、それらにもとづく行動の端緒があいまいであった。警察の警告（それさえ真偽が判然としなかった）などあらばこそ、イスノキとマユミを盗伐した者ら。イスノキとマユミが無かれた闇に霧があらわれた。男たちははたらいていた。広義の労働をしていた。しかし、範囲をもっとげんていすると、それは盗みであり、樹木ドロボウであり、いわゆる盗伐だった。盗木ということばはじゅうらいからないのだ。にしても、盗伐とはなんだかすごいひびきである。とうばつ。どうかしたら斬首とさえひびきあう盗伐。霧のなかのそれは盗伐といえば盗伐ではあったのだが、行為とことばが、このばあい、ほどよくつりあっているか、つりあっていないのか、いまひとつわからない。わかってもしかたがない。盗伐は、ことばが行為を圧倒し、ことばだけが霧のなかに異様にせりあがっていたのだ。男たちにはグループ名はなかった。男たちにはじぶんらが盗伐隊であるという認識はなかった。男たちはただただきんべんであった。男たちのなかには、それが盗伐という名のしごとであることを、ときどき脳りに文字をかいてみたりして、自覚しようとする者もいた。「ぬ」という、とりわけはたらき者の男がそうであった。「ぬ」は男たちのリーダー格であった。悪意はなかった。「ぬ」は恐怖党支部の幹部だった。ある意味で、ことばと動作のなにかアンバランスなかんけいが、かえってかれを霧のなかでふるいたたせていたかもしれない。「ぬ」はスーパー銭湯パラダイスパの常連客であった。男たちははたらいた。霧のなかにユウスゲが咲いていた。犬はふりかえらず、たちどまらなかった。犬はなにもおもわなかった。男「ゐ」は女に足をあらわれていた。「て」は「た」のとんでもないところに刺青を彫っていた。「た」はときおりうなり声をあげた。港の「ん」は片目でなにかをさがしていた。沖にでる船をさがしていた。とおくに水柱があがった。

## xvi

停電した。しかし、あわてない。女はうつむいてあらいつづけた。なにも終わらなかった。電気がまたきた。カタカタとリールの回転音がなっていた。カタカタと音があらわれた。その街の小さな映画館が映画を上映していた。スクリーンに海が映されていた。『彼方の　far-off』というタイトルの、とても単調な映画だった。海に霧がふっていた。航空撮影をしたのだろうか。海の俯瞰シーンがつづく。カメラが海面にちかづく。カメラをセットしたラジコンをつかったのだろうか。波。寄せくる波。波濤。波の崖にひとがいる。ひと。ひと。ひと。両手をあげている。みんなバンザイをしている。口を大きくあけている。舌がみえる。わらっているのか。いや、笑っていない。さけんでいるらしい。目が泣いている。バンザイをして、あんなにも泣いている。海面に絹くずが舞っていた。アメフラシが霧をはっていた。霧はアメフラシにぬめぬめとはわれていた。館内も霧にあられた。映写機のひかりが霧をてらした。犬が霧のなかのスクリーンに映った。映された犬の目はトビ色をしていた。その映画館に客は五人しかいなかった。五人だけがあられた。五人はみな『彼方の　far-off』をみているようであった。だが、五人のうちひとりの、とても貧乏なおばあさんはねむっているか、とうに死ぬかしていた。はっきりとしなかった。ねむっているか、とうに死ぬかしているのは「ゑ」――さんではなかった。スクリーンに海原が映っていた。アメフラシがこころなしかふくらんだ。アメフラシがゆるゆると性交している。なにかがおきていた。客が犬の胴に触れた。なにかを手ににぎった。薬だった。犬は映画館をでた。夜は霧とともに現存していた。男は足をあらわれていた。われわれがわれわれ以下になりさがったのはいつからか。われわれはさいしょからわれわれ以下だったのだ。「ふ」のせいではない。「ふ」は役だった。よくないことがあれば「ふ」のせいにできるという点で重宝した。が、われわれはわれわれ以下である。であった。女の砧骨《きぬたこつ》を舐めあらいしながら「ゐ」はそうおもった。「ゐ」はわたしであった。「ゐ」はわたしでなくてもよい。わたしは「ゐ」でなくてもよかったのだ。たぶん、わたしである「ゐ」の息子「む」もそうであったにちがいない。「む」はわたしのでも「ゐ」の息子でもないなにかでありたいとおもったことがあるはずだ。「ゐ」は、われわれも、われわれ以下もきらった。どうじに、以下でもよい気もした。

## xvii

割れるのがいやなら、ヒトマートにいけばよいのだ。「じぶんは廃品なのだ、無料でひきとってはくれまいか」ともうしでればよい。それだけのはなしだ。しかし、ヒトマートはいま閉鎖中である。ヒトマートがだめなら、じぶんでとぼとぼ産廃置き場にいくしかない。ひとはみなあるしゅの産廃である。産廃となるほかない。産廃置き場でシデムシに食われればよい。産廃置き場にはなんでもあった。こわれた絵入りランプもあった。たくさんあった。

## xviii

坂のおおいこの街にはよそよりもイトミミズがたくさんいた。イトミミズは夜、みずから発光した。イトミミズは霧の夜の赤いすり傷だった。イトミミズは霧の夜にはとくにさかんに発光した。霧はながれた。瀞からながれた。松林で霧はとどこおり、ほどけて、またながれた。霧は霧じしんによって他の霧を生成し、霧をさいげんなくふやしていった。霧は瀞からながされた。他の霧は、すべての他の霧とともに、あてどなくほぐれ、うねり、ながれて、自他のさかいをまったくなくした。霧は音をにぶらせた。音は霧によってにごりとなり、くずれていった。音は霧にうるみ、急に失速した。霧は音を霧にかえた。霧は音をほどき、音を裁ち、こまかに分離して、霧じしんに同化させた。音は霧によって霧状にされ霧として夜をながれた。霧の奥にながれるピアノの音はすでに音ではなく、もう霧としてながれていた。霧は音と分離しながらまじわり、音と散りつつ一体化し、みずからは、とうぜんではあるが、けっして感傷しようとはしないのだった。霧のなかを犬はあるいた。犬はうしろをときおりふりかえりながらあるいた。その犬は三本肢だった。三本肢の犬はZ《ズィー》とよばれていた。右のうしろ肢がつけねからなかった。かれは褐色が褪色した、ベージュの鼻をしていた。ながい尻尾を力なくだらりとたらしてあるいていた。犬はなみあしであるいていた。犬はつかれていた。つかれは犬の赤さびだった。犬には疲労と痛みの感覚があったが、感傷や徒労の感覚はもちあわせなかった。犬はあるきながら、水面がキラキラとかがやく小川を、ときおりこころにえがいた。小川は洋燈屋のよこの空き地にあり、そして、犬のなかの小川につながって、きらめいてながれていた。犬のなかの小川にも霧がふった。犬のなかの小川からも青い霧がわいた。青い霧は犬の胸をいっぱいにみたした。犬Zはときどきうしろをふりかえった。霧がながれていた。霧はなにかをおもっていた。信用金庫のものかげとバスどおりひとつへだてた、すなっく「ほ」のある路地に、私服刑事が二人はりこんでいた。刑事たちはなにかに目をひからせていた。刑事たちはかつての習慣で目をひからせていただけである。すくなからぬ警察官もすでに逃げるか死ぬかしていたのだ。刑事たちはシュギシャ「ん」をみはろうとしていた。「ん」のたちまわりさきのすなっく「ほ」を監視していた。とくに熱心にではなく、職業的習慣といった目つきで。ときどき目くばせをしたが、それはなにも意味しはしなかった。ヤラセかヤラサレかフリか。わけのはっきりとしないことが身についていた。ツチブタ目ツチブタ科ツチブタ属のツチブタが一頭、バスどおりをあるいていた。刑事たちはツチブタに目もくれなかった。ツチブタはとてもおだやかな顔をしていた。ツチブタはながい吻《ふん》と大きな耳から霧をはきはきあるいた。はいているだけでなく、霧をすってもいた。ツチブタは霧にまみれていた。ツチブタは「ほ」のある路地にはいり、休業中の不動産屋の角をまがって霧に消えた。すなっく「ほ」のママ「な」が、ながいため息をついた。「な」は「はかにふとんはきせられないものねえ……」といった。女「あ」が男「ゐ」の足をあらっていた。はるかとおくの汀線が爆撃された。霧のかなたにフラメンコレッドの大きな火柱がたった。とてもうつくしかった。「ふ」の目がかがやいた。「ふ」はあるしゅの窩《か》であった。だれもがもつ窩であった。「ほ」のママ「な」は「ふ」をきらっていた。「ふ」はなくなってほしい不快な存在であり、どうじに、不快の理由にできるというてんで、なにかしら便利だった。「ふ」はみえなかった。

## xix

三本肢の犬は自己像をもっていなかった。じぶんがどんな姿かかんがえなかった。なにが欠けているかとかんがえたこともなかった。自己像をもたないまま、犬はふかい霧のなかをあるいた。ふりかえりながらあるいた。霧はひとつのかたちにまとまることはなかった。三本足の犬の目は、みたところ、悲しみの色をおびていたが、ひととおなじ悲しみかどうか、とてもうたがわしかった。イヌはヒトによってつごうよく存在を再構成されてしまった生き物である。そういわれる。だからといって、両者がおなじ悲しみを共有するとはかぎらない。イヌは再構成された存在といったって、ヒトがそうおもっているだけのことで、イヌがそう首肯したことはいちどもない。霧はひたすらほどけた。霧はたえずほどいた。意識はしばしば霧によって消失されかかった。意識はあらなくなりかけた。あらり無くなった。かたちある像は霧によってほどかれた。女「あ」が男「ゐ」の足をあらっていた。無言で男の足をあらっていた。水音はしなかった。ほとんどしなかった。「シ…カ…」。音か声がした。女「あ」のからだから、かすかな音か声がした。「シ…カ…」。口からかもしれない。からだのなかからかもしれない。女から霧がすこしたちのぼっていた。口からではない。目からでもない。女のひかがみから霧がわいていた。くゆっていた。女「あ」の、いまはほぼ閉ざされたよぼろが、生あたたかいすきまから、ひそかに霧を生成していた。男には、よぼろがみえなかった。よぼろは男「ゐ」にみられなかった。よぼろも広義の窩だった。霧のなか、窩主《けいず》と窩主買いはどこにでもいた。よぼろは、まじまじとみられてよいものではない。だれにでも、ひかがみはある。死んだ妻にもあっただろう。わたしは死んだ妻のひかがみを憶えてはいない。鉄腕アトムになってビル十四階の屋上からとんだ息子にもうつあしはあったろう。みたことはなかった。たしか、みたことはない。息子はとぶまえに大声で歌をうたっていたのだそうだ。

# XX

熱帯魚店レインボーアクアリストの主人「さ」は、何日まえかはわからないが、やはり霧の夜、水槽がならぶ店内で、首を吊って死んだ。あっけないものだ。レインボーアクアリストの主人は吝嗇《りんしょく》だった。そういわれていた。吝嗇といわれたとしても、いわれなくても、どうということはなかった。遺書はなかった。あってもなくても意味はなかった。妻と子ども二人は白馬三頭だてのガラスの馬車にのって霧のなかを逃げた。そのとき、妻のせなかのベンガラのツバキが毒々しく咲いた。熱帯魚も逃げた。霧色のベタが霧のなかに泳いで逃げた。スズキ目キノボリウオ亜目オスフロネムス科ベタ属ベタが十三尾、ヒレを優雅にうごかして霧にとけた。ベタたちはエラブタにあるラビリンス器官で霧を体内にとりこみ、からだを霧化した。ピンク色のオオテンハナゴイも二十尾逃げ、半分がトビエイに食われた。それは、もうはじまっていた。三本肢の犬はZ《ズィー》だった。Zはときどきからだが透けてみえた。Zは透過色の犬になって霧をあるくこともあった。三本肢の犬の目の色は、いつもしずんでいたが、およそ険というものがなかった。それはいましがたなにかとんでもないものをみてしまい、いくらまばたきしてみても涙をながしてみても、やきついた光景をとりさることができないといった、そんな目の色だった。かれはからだのそとをみていたけれども、おおむねからだの内がわに目をこらしていた。ひょっとしたら、三本肢の犬はからだの奥に、じぶんだけではなく両親や祖父母たちの代をつぐ記憶をみていたのかもしれない。それはわからない。犬は、できれば、安易に擬人化されるべきではない。擬人化して、ひとにおける不可能を、犬における不可能とたんじゅんに等置すべきでもない。三本肢の犬がこの霧のふかみをどうおもったか、なにもおもわなかったかどうかを、ひといっぱんの方法式でおしはかってはならない。言語化のかなわない犬のとおい感覚を、言語化できるとされる感覚よりも劣る、ときめつけることもできない。ことは存在の優劣の問題ではない。この世にはもともと優劣の問題なんか、ありそうでいてありゃしなかったのだ。ま、そんなにむきになることでもない。「ふ」は魯鈍だった。目つきがそれをしめしていた。われわれも魯鈍だった。さかいはなかった。

## xxi

ばかげているといえばとてもばかげていた。ばかげていないことなどなにもなかった。この霧のなかでスーパー銭湯パラダイスパが営業していたのだ。湯気か霧か、はっきりとしなかった。いうまでもなく、客はとてもすくなかった。しかし、まれに芋の子洗いのときもあった。ただし、裸のかれらが生者か死者か、あまりはっきりとしなかった。生者も死者もとてもぬるぬるとしていた。パラダイスパには「あ」がきたし「ゐ」がきたし、「ぬ」も、すなっく「ほ」のママ「な」もきた。霧にあらわれるようになってからは霧にかくれて「て」もきた。「ん」もきた。レインボーアクアリストの主人「さ」は自殺前も自殺後もきた。「ゐ」の父もきた。「ゐ」の父の孫、つまりわたしの息子も、その主治医もきた。「ふ」の支持者やスパイもきた。

## xxii

それはもうはじまっていた。三本肢の犬は、それがはじまったことを、男「ゐ」とおなじようにはかんじてはいなかった。犬Zはしかし、男とまったくことなった感覚基盤で、はじまったそれの気配を男よりよほど敏感にとらえ、男とまったくことなった想起の方法で、ものごとのおわりをかんじていた。犬Zはただ、それを表現しようとはしなかった。三本肢の犬の目はふかい霧の奥で、ごくまれに、こはく色にかがやいた。男はよくその犬のなかにじぶんを棲まわせようとした。男はまた、男じしんのなかに犬Zを棲まわせようとした。男「ゐ」はときどき犬になった。それは、もうはじまっていた。男はそれをみていない。コビトカバが霧になってパチンコ屋のまえのとおりをあるいていた。パチンコ屋はシャッターを閉じていた。店主は死んだ。コビトカバはもともとこい霧色をしているので、いともたやすく霧になることができた。コビトカバは黒い目をしていた。おどろくほどしずかな、やさしい目だった。灣に、死にかけたザトウクジラがまよいこんだ。ザトウクジラは座礁した潜水艦にみえた。いや、ザトウクジラは潜水艦だったのかもしれない。ザトウクジラの内部は汚染されていた。汚染されていないものはなかった。

## xxiii

昏くけむる上空をひくくトビエイがとんでいる。けふもまたひとが死んだ。老女「や」が餓死した。老女「や」はとてもかしこかった。老女「や」は「ふ」を知らず、賢明にも「ふ」についていちどもかんがえたことがなかった。街の郊外には森があった。カトマイ国立公園の森が。老女「や」はそこに棲んでいた。ちかくに海も山も川も湖もおおきな滝もある。ヒグマ、サケ、ラッコ、クジラ、ホッキョクジリス、ビーバー、ライチョウたちがいる。ときどきシュヴァインフルトグリーンとコメットブルーの帯がおりなす(と、「や」は形容した)、それはそれは巨大なオーロラがみえた。ひと目みたら気絶するくらい、すばらしいオーロラが。森にはいじわるなコビトとやさしいコビトたちの、二しゅるいのコビトたちもくらしている。いじわるなコビトたちをおいはらうには、履きふるしのパンプスを、苔《こけ》をいっぱいにかぶったトウヒの樹々のほうこうにぶつけるにかぎる。パンプスがぶつからなくても、コビトたちはキーキーとさけんで森の奥に逃げるのだ。山小屋に身長二メートル五十センチのおとなしい木こりがいる。木こりは、じつは、じぶんに懸想《けそう》している。けれども、うちあけられないでいる。その内気なところがこのましいのだけれど、大男だって人間だもの、とつぜんかんじょうが爆発したりしないものかしらん。と「や」は案じていた。この街の郊外にはカトマイ国立公園も森も滝もなかった。ヒグマもコビトも木こりもいなかった。無かりた森が、霧に鬱蒼とあらわれた。「や」はずっとなかりた森に棲んでいた。ときどき黒ヤギの乳を青いガラスのコップにじかにしぼって、それをグビグビとのんだ。とおもっていた。「や」は野性的な生活をしていた。そうおもっていた。

そうおもっていることとそうではないことに決定的なちがいはなかった。「や」はそこから逃げなかった。「や」は飢え死にした。街の郊外には閉鎖中の産廃置き場があった。そこには霧がひときわこくふった。そこからひっきりなしに霧がわきもした。産廃置き場は、せいしきには、「産業廃棄物・特別管理産業廃棄物等一時保管場」だった。そこにはシデムシがおおくいた。とくに、クロシデムシとオオヒラタシデムシがたくさんいて、霧のなかでいつもいそがしく掃除や育児をしていた。産廃置き場にはたくさんの屍体や屍体の断片があった。ひとはあきらかに産廃だった。しかし、ひとは産廃ではありえない。ひとはうつくしい。ひとはかけがえがない。「ふ」はそう力説した。ほんきで演説した。

## xxiv

霧のなかに、顔の大きな大柄の女「け」があらわれた。「け」は丸刈りではない。「け」はよそ者だった。顔の大きな女「け」は霧のなかをカメラをもってあるいていた。足どりはしっかりとしていた。大股だった。女「け」は、なにかじしんありげだった。「け」には、はっきりした目的意識があった。目的意識はかんちがいにはっすることがすくなくない。「け」にまよいはなかった。気負いがあった。「け」は意気ごんでいた。この街で意気ごむ者は奇妙にみえた。というか、ばかにみえた。「け」は卵形のツルリとした顔の青年「は」をつれていた。「は」は丸刈りだった。「は」はオシッコするときパンツを脱ぎ、トイレの便座にすわってした。けっして立ち小便をしなかった。そのやうに育てられたのだ。「は」は海パンのやうな、まえのあいていないパンツをはいていた。問題はない。ふたりは街のそとからやってきたのだ。「は」はタブレット型コンピュータをもっていた。街の状況にかんするアンケートをとるためだった。アンケートフォームには、「街の現状はひどいとおもうか？」という質問があり、回答項目としては①そうおもう②どちらかというとそうおもう③そうおもわない④どちらかというとそうおもわない⑤よくわからない⑥どちらかというとよくわからない⑦まったくわからない⑧どちらかというとまったくわからない⑨その他⑩どちらかというとその他——の選択肢があった。

XXV

すなっく「ほ」のママ「な」が、ひとつため息をついた。客はこなかった。客のおくはもう死ぬか逃げるかしていた。ママ「な」はまだ死にも逃げもしなかった。まだ。「な」は、アメフラシをイチョウ切りにして甘辛に煮て、ぽそぽそと食べていた。アメフラシの甘露煮は煮汁がなくなるまで煮つめるのがこつだ。アメフラシは煮られると小さくちぢみ、コリコリとかたくなった。「な」はアメフラシをしゃぶりながらひとりごちた。「ひとの口にゃ戸がたてられないものねえ。暗いったって、どっちが暗いかわかったもんじゃない……」。カメラをもった女「け」とタブレット端末をもった「は」が「ほ」に入ってきた。霧とともに。「ほ」のママ「な」が「け」と「は」にウヰスキーとアメフラシの甘露煮をだした。「な」は、こんな街になにをしにきたの、と問うでもなく問うた。「け」は写真を撮りにきたのだといった。「な」はほとんど無ひょうじょうで応じた。いいわよ。減るもんじゃないし。「け」は首をよこにふった。いいえ、あなただけの写真ではないのです。あたしが撮りたいのは集合写真なのです。「な」は「け」の意向をわかりかねた。あまりわかろうともしていなかった。「け」は集合写真について、かたい甘露煮をしゃぶりながら説明した。「は」はアンケートにかんしはなした。プロフェッショナルイベントフィードバックテンプレートは集合写真撮影直後にアンケートをＳＭＮで配信してその内容についてチェックします。これらの質問によるフィードバックアンケートには、ベンダー、プレゼンター、スタッフ、サイトなどのトピックが同期的にふくまれています。イライラして聞きながら、「な」は、カウンターの下にかくしてあるモールス符号を打つための電鍵で「て」と「ん」に信号を送った。「て」と「ん」はすなっく「ほ」の常連客だった。「イッコクモハヤクコノガキヲコロセ　タマヲヌケ　ニコトモ」。「て」と「ん」はすぐに「リャウカイ」と返信してきた。霧はやまなかった。

## xxvi

足をあらってもらっていた男は「ゐ」であった。男は、だが、「ゐ」でなくてもよかった。たいていのことはそうであった。であることは、でないこととさほどの異同はないのだ。男が「ゐ」であることはもうなにも決定せず、べつにじゅうようではなかった。だいじなことなどなにもなかったのだ。「ゐ」は霧の夜ふけに、ひとりの丸刈りの女「あ」に、ゆっくりと足をあらってもらっていた。男はおちついていた。女に足をあらわれるなんてはじめてのことなのに、男はがいしておだやかな気分だった。女はいわば霧だった。「あ」はしずかでありつづけた。女はずっと無言だった。「ゐ」の足をだまってあらいつづけた。「ゐ」の位置からは「あ」の膝窩《しっか》をみることはできない。したがって、そこから霧がわいていることなど知るよしもなかった。想像もしなかった。膝窩はげんみつには「あ」の開口部ではない。開口部ではないものの、膝窩には開口部のかもす青白い妖しさがあった。膝窩はよぼろである。よぼろから青白い霧がわいていた。男ははなさなかった。はなさないことはすこしも苦痛ではなかった。ここでなにかはなすことのほうがむしろ病んでいるとおもわれた。この沈黙のながれにたゆたっていると、しゃべるということは、ひとのこころの宿痾ともかんじられた。男「ゐ」は足をあらわれながら、どのみちじぶんもまた女をあらうことになるだろう、とかすかに予感していた。女をすでにあらったかどうかをわすれた。「ゐ」の足は霧ふる夜に女の両手により音もなくあらわれていた。しかし、男「ゐ」はなにも、足をあらってくれている女と平等でありたいとねがったのではない。公正でありたいともねがわなかった。そんなことはどうでもよかった。わたしはなにもねがわなかった。霧の夜のながれが、いずれまたじぶんに女をあらわせるだろうと、なんとはなしにかんじていただけだ。それはそうすべきであるという当為をせおったことばとして意識されたのではない。そうなるかもしれないというかすかな勘のようなものであった。それはことばとして意識されたのではない。ことばは霧にながされた。霧はことばをほどいた。ことばは霧のなかでほつれた。女「あ」はほんのすこし霧の厦門《アモイ》をおもった。女はすぐに厦門をわすれた。女は「ゐ」の足をあらいつづけた。どこから「ゐ」ではない男の声が聞こえた。とぎれとぎれに。なにかをとなえつづけている。いや、あれはなにかの朗読だろうか。声はどうやら念じてはいない。報せているのかもしれない。つたえているのかもしれなかった。女はほとんど閉じかげんのよぼろからさわさわと霧をもらしつづけた。はるかとおくで「ふ」のワイフが放屁した。していないふりをした。「ふ」がやさしい声でいった。いやさか……。

## xxvii

わたしはあらわれながら、まどろんでいた。わたしは病院にむかっていた。霧のなかを恐怖党の選挙カーがはしりぬけていった。そんなわけはない。そんなわけがないのに。「……どうぞ……を……どうぞ……」。ねむ気がとれない。うむきな。ことば――音の気泡がからだにわいた。よくあることだ。うむきな。ウムキナ。病院にちかづいたら、わたしはいつもどおり、からだのぜんめんにうす膜をはるだろう。なにもかぶっていないふりをする。透明なうすい膜をかぶることだろう。目にも、鳥の目の瞬膜ににた膜をはるだろう。オブラートよりもっとうすい羊膜質の膜。みてもみない。聞いても聞こえない。かんじてもかんじないしかけ。透明な羊膜ごしに死んだ息子をみるともなくみるだろう。死んだ息子も、透きとおった羊膜ごしにわたしをぬすみみるだろう。息子はまたなにかを演じるだろう。やつは天才だ。とてもじゃないが、手におえない。失語症、失声症、多弁症、躁病、感情失禁、窃視症、ブローカ野損傷、ウェルニッケ野損傷……。なんでも演じることができる。各種反社会性パーソナリティ障害(APD)だって重度のサイコパスだって上手にこなすし、ときには、いわゆる健常者よりも健常者らしく健常者をよそおう。たいしたものだ。演じないではいられないのだ。会いにいったら、息子はまちがいなくまたなにかを演じるだろう。ごくうすいフィルターごしの、狂ったサルの目の主治医。みようによってはマグソクワガタの顔の医者。患者だか医者だかわからない医者兼副院長。げすやろう。しかたがないのだ。わたくし「ゐ」はすべてに膜をはるであろう。そうして、膜ごしなのに、膜ごしではないふりをしつづけるだろう。むこうもなにかのふりをするだろう。狂ったサルの目の医者は医者で、責任ある医師兼副院長を演じるだろう。人間味のある医師のふり。じかんがたち、それにともない、なにがしかの変化が生じ、効果がたちあらわれ、病院のシステムも正常に機能し、これまでややもすると散見された欠陥はだいぶかいぜんされ、そのために患者様とともに患者様目線で努力しているのであり、遅々とではあるものの、よい兆しが芽ばえはじめ、いま、その芽ばえをはげましとして、みなでささえあって、きずなとして、それらを外部にもはっしんして——といった筋がきにそうて主治医および副院長役を演じるだろう。けっこう。うむきな。わたし「ゐ」は聞くともなく聞くだろう。とちゅうでふきだしたり殴りかかったりせずに、おたがいに役がらをわきまえて、気のない芝居を演じるだろう。病院に着いてもねむ気がとれない。熱帯魚のいるロビーのソファでまどろみかけた。羽虫の音がしていた。これは水槽のフィルターやヒーターのハム音かもしれない。

## xxviii

「ゐ」は足をあらわれていた。そうおもっていた。そのうち、からだがソファにすいこまれ、ねむりのふちに急降下していった。耳のなかに羽虫がはいっている。「ゐ」はいつしか外国漁船の下段ベッドで寝ていた。夢なのだろうか。耳もとにおだやかな波の音を聞いた。アドリア海ではないか。ポチャポチャとくりかえしている。ポヴチ！　ポヴチ！　甲板からだろうか。がたいの大きな男たちののぶといかけ声がつたわってくる。ポヴチ！　グルヌティ！　ウムキナ！　何語だろうか。声にまじり、波がすこしつよく舷側をたたく音。舷側の内がわに「ゐ」はよこになっている。水面と耳の位置がほぼおなじだったせいであろう、厚い船板にへだてられているはずなのに、波が耳をじかにあらっている気がする。ときどき音がくぐもってとおざかるのは、耳が水面下に沈むときだ。男たちのさけびも水にうるんでまのびする。「ゐ」は左の耳の穴に小指をいれて、なにかはっきりしない水やら声やら小魚やらを掻きだそうとする。すると、おそろしくまっ赤な腹をしたネオンテトラが数匹、耳の穴からとびでてきて、霧のなかに泳ぎだす。耳に音の径《みち》ができて、まわりの音のりんかくがだんだんはっきりしてくる。外耳道に侵入した羽虫の音は、どうやらそうではなく、ロビーにひくくながされているチェロのひびきなのであった。面会者か、女の声。「アノヒトノヘヌゴガヨクナイノヨ。フェヌグガトッテモイズイノヨ……」。そう聞こえた。おもわず赤面する。なんてことをいうのだ！　でも、ヘヌゴ、いやフェヌグってなんだろう。なんだか露骨すぎるのではないか。しかし、聞きちがいかもしれぬ。ヘヌゴ(フェヌゴ、ヘネコ、ヘネゴ……だったかもしれない)ガトッテモイズイという音のつらなりは、ただそれだけのものであって、なんだかとおいむかしに聞いたことがある気もするのだが、とくになにも意味してはいなさそうでもある。とくになにも意味しない音声ってあるのだろうか。あるのかもしれぬ。あったってよい。ただ、「ゐ」の耳には「ポヴチ！」の声も正体不明のままのこっている。ポヴチ！　グルヌティ！　ヘヌゴまたはフェヌグないしフェヌゴもしくは……。ウムキナ。いちいち意味をかんがえていたらとてもではないがしゅうしゅうがつかなくなる。なにか残忍な曲線の、とてもおおきな口をした看護師がおおいかぶさってきて、わたしの名前をよぶ。「ゐさん、ゐさーん……」。われにかえる。まっ赤に熟れたスイカの口。うながされてせまいコンファレンスルームにはいる。はいるなりタバコのにおいが鼻をうってきた。息をつめ顔をそむける。なんだか腹がたつ。死んだ息子と逃げた主治医兼副院長がホワイトボードを背にならんでたっている。タバコのにおいのもとは息子なのか医師なのか、両方なのか。責めたってしかたがない。主治医兼副院長はうすよごれた白衣を着てニヤニヤわらっていた。なぜわらうのだ。なぜこんなによごれた白衣を着ているのか理解しかねる。息子はうつむいていた。両手をズボンのポケットにつっこんでいる。クククク。うつむいてわらいをこらえているのか。声がもれる。わざとだ。手をポケットにいれたままなにかボリボリと掻いている。医者もおなじことをしているようだ。どちらかがどちらかのまねをしているか、それとなくしめしあわせたシンクロ。怒鳴りたくなる。だが、その、無えんりょに掻いている身体部位の通称をふいに失念する。標準語ならわかる。だが、〈チョット、キミタチ、ソウヤッテ、コウガンヲカクノヲヤメタマエ。シツレイダロウ!〉では、なにかおかしい。迫力負けというか。

わたし

ククク。息子の声がもれる。わらっている。あいつはわたしを読んでいる。わたしが狼狽するのをみて楽しむ。怒らせてよろこぶ。そういうやつだ。ばか医者兼副院長が「どうも……」といった。それにたいし、「ゐ」は「どうも、ポヴチ！　ビラビラ、ヘヌゴガトッテモイズイノヨ……」と、口のなかでもぐもぐとつぶやいた。「どうも……」に対応するあいさつとしてはていねいにすぎたかもしれない。ヘヌコではなくヘヌゴといったつもりである。わざと下卑て。これだって、どうせヤラセだ。患者もその親もヤラセ、ヤラサレじゃないか。どっちみち医者だってろくに聞いちゃいない。医者がなにかしゃべっている。「カンカイ」という声が聞こえた。寛解だと？　むっとする。クワンクワイ？　あんた、じょうだんじゃないよ。カンカイなんかじゃなくてさ、あいつは鉄腕アトムになって、空をこえてラララってうたってさ、とびおりて死んだんだよ。頭割れてさ、脳みそいっぱいだしてさ。おまえら、ヘヌゴいやフェヌグをそうやってボリボリ掻くなよ、ばかやろう！　さけぼうとしてねむりからさめた。わたしは涙をながしていた。「あ」が「ゐ」の足をあらっていた。しずかにあらっていた。「ゐ」の目から霧がわいた。

## xxix

霧はふりつづける。すなっく「ほ」のママ「な」が店であくびをした。カメラをもった女「け」がアメフラシの甘露煮をしゃぶりながらウヰスキーを舐めていた。「は」は怖れて飲み物にも食べ物にも手をつけなかった。「な」がカウンターから「け」をみながらいった。「そういうことなら、たいした希望はもてないけど、ともかくもあたしの義務なのだから、みんなにはなしはしとくわ」。「け」はうなずいた。おくれて「は」もコクリとうなずいた。「け」と「は」はやがてでていった。「な」は「け」のまっすぐな背中をみながら、「け」もいずれ「て」にやられてしまうのではないかとおもった。「は」もひどいことをされるかもしれないわ。しかし、万一そうなったからといって、どうということはない。たいしたことはないわ。もうじかんはないのだわ。じかんのおわりがはじまっているのだわ。「な」はなげくでもなくそうおもった。灣でザトウクジラが喘いでいた。それは潜水艦とみわけがつかなかった。霧がいとどこくなった。「な」がいった。ふふふ、がいしゅういっしょく、イチコロってことよ。

## xxx

霧の空にミズクラゲがうかんでいる。たくさんうかんでいる。すなっく「ほ」のラヂオがかかっている。男の声。無かんじょうな。「バスコデハトウナントウノカゼフウリョクサンハレエーゼロナナヘクトパスカルニジュウキュウド……」。むかし、「な」はこんな声を聞きながら「て」にやられたことがある。うしろむきでやられた。よかりた。これ聞きながらあれやるのはよひ。「な」はそのことをおもいだした。あれはたしか、てごめではない。てごめではないから、だからどうしたというのだ。やられたのとやられていないことに、なんのちがいがあるというのだらう。どうということはない。のだわ。「な」は霧のなかでアメフラシの甘露煮をしゃぶった。「て」にむかしのようにやられたひわとおもった。ちょっとだけおもって、おもうのをすぐにやめた。「て」がもう「な」には手をださないことを知っていたからだ。「な」は、ちょっぴりだけ、エンペをおもった。むかしむかしのエンペを。猫背の小男。アメフラシはエンペにかんけいがあるとも、どうじに、なにもかんけいがないともいえた。いまとなっては知るひとぞ知るだわ。「な」はおもった。エンペはアメフラシの性交をご覧にならられたことがおありりになるるのだろうか。何匹も何匹もつながってやる集団連鎖交尾をご覧になられたらうか。アンドンクラゲが三匹、すなっく「ほ」の窓を青くかすめていった。カツオノエボシもかすめた。すると、ラヂオが聞こえた。雑音。「だいしょうとしのかうむりたるせんか、りさいしゃのかんく、さんぎょうのていとん、しょくりょうのふそく、しつぎょうしゃぞうかのすうせいとうは、まことにこころをいたましむるものあり、しかりといへども……」。雑音。モールス信号音。「いまやじつに、このこころをかくじゅうし、じんるいあいのかんせいにむかひ、けんしんてきどりょくをいたすべきのときなり……」。じんるいあいのかんせい、だと。ばか。イカのエンペラめ。「な」がひくくはきすてた。またノイズ。「わがこくみんのややもすればしょうそうにながれ、しついのふちにちんりんせんとするのかたむきあり。きげんのふうやうやくちょうじて、どうぎのねんすこぶるおとろへ、ためにしそうこんらんあるは、まことにしんゆうにたへず。しかれども……」。エンペ、ばかゆうんじゃないよ。と「な」がつぶやいた。そして、いいなおした。あんた、ばかをおいいじゃないよ。「な」はなにも怒ってはいなかった。エンペはもう死んだのだ。

「な」は霧のなかでアメフラシの甘露煮をしゃぶった。ギヤマンクラゲが天にのぼっていく。あくまで透明でやわらかいギヤマンクラゲが。触手が、ああ、あんなにもながい。拍動しつつ泳ぐのだ。ああ、きれいだわ。ラヂオ。声がながれた。「シカリトイエドモ、モッポハホクセイノカゼフウリョクニハレエーゼロキュウヘクトパスカルニジュウゴド……」。霧がまっている。おどっている。ながれている。

## xxxi

霧はふりつづけた。アメフラシはひとりで性交した。アメフラシはときどきいった。いったふりをすることもまれにあった。アメフラシはイシモチやアイナメほど汚染されていないといわれた。霧はときどき渦をまいて、鉄紺の地に光沢のある白いふちどりをもつ帯になってゆっくりと回転した。アメフラシは反りかえり、ひとりではめた。頭にあるオスの性器を、背中にあるメスの性器に挿入してまじわった。あまりにもしずかであった。霧がわいた。なんにんかはすでに死んだ。みずから死んだ。海原にときおり銀色の巨大な水柱がたった。住民のおおくはすでに街からとおい他の地域にうつり住んでいた。それはいわば脱出だったが、脱出や避難という用語は表むきつかわれず、じしゅ移住といわれた。疎開ということばも、ことばじたいがもうなくなっていたために、だれにももちいられなかった。どうでもよいことではあるが。のこった住民のほとんども、脱出を準備中か考慮中であった。ごく少数のひとびとは、脱出をかんがえていないか、脱出などできない者たち、あるいは脱出もなにもいっさいかんがえていない者たちで、じしゅ滞留民とよばれた。「て」もいっさいかんがえていない者のひとりであった。かれらのおおくは、どこに逃げようと事態はかわらないとなげやりになっていたし、警告や情報を多少は気にしつつも、まにうけてもいなかった。「て」は、そとみはそうみえることはあっても、べつになげやりではなかった。どうにもならないのにもかかわらず、どうにもならないと落ちこむこともなかった。「て」は刺青をいれることだけをかんがえていた。とどまることがよいのか、脱出したほうがよいのか。どのみち、正解はだれにもわからないのだった。それがはじまるまえから、もともとなにもかもあきらめていた者もいた。じしゅ滞留民のなかには、安楽死志願者や逆に安楽死をおもいとどまらせようというボランティアたちもいた。ボランティアたちの何人かに「て」は、「きずな」だとか「こうけん」だとか手垢のついた甘言をろうし、刺青を彫った。羽彫りをされた若いボランティアもいた。羽彫りは、針先を皮膚に刺して跳ねあげることで、墨がよりおおくはいるので、刺青の図柄があざやかにみえた。「て」はボランティアにたいしヘビやタコやムカデの刺青をいれた。「て」は無ひょうじょうだった。じしゅ滞留民のなかにはまた、男「ゐ」とおなじ動機不明の滞留者たちもいた。すべてはあいまいだった。傍証も反証も、根拠に芯がなかった。どこかに脱出したからといって、たすかるほしょうなどなかった。ここにとどまったとしても、ただちになにかがおきるということでもなさそうであった。どこからか男の声が聞こえる。たすけをもとめているのではない。しごく冷静な声だった。オホーツクカイデハトコロドコロコイキリノタメミトオシガワルクナッテイマス……チシマキンカイカラアリューシャンノミナミニカケテノホクイヨンジュウナナドトウケイヒャクゴジュウニドゴジュウイチヒャクゴジュウナナロクジュウヒャクロクジュウヨンロクジュウヒャクナナジュウサン……(ノイズ)……オヨビモトノホクイヨンジュウナナドトウケイヒャクゴジュウニドノカクテンデカコマレタカイイキデハトコロドコロコイキリノタメミトオシガワルクナッテイマス……。つがいのカピバラが閉店中のコンビニのまえをあるいていた。足音がしなかった。カピバラたちはねむたげな目をしていた。モールス信号音が聞こえる。「は」の屍体が産廃置き場にあった。タマがふたつともきれいにぬかれていた。

## xxxii

「ゑ」さんは消えた。樹木ドロボウの正体ははっきりしない。霧はほうぼうで大小の螺旋となってたちこめ、無数の渦まきがいつしか巨大なひとつの対流圏になって回転した。霧をゆく犬も小さな霧をはいていた。その霧は、女「あ」がひかがみからわかせるともなくわかせているちいさな霧と、まもなくいっしょになった。コビトカバの霧ともひとつになった。霧の犬は、コビトカバやカピバラとはちあわせしないように道をえらんだ。霧は回った。無数の記憶をまきこんで回った。記憶はほつれ、かけらになって回った。Zが元相撲部屋のまえをあるいていた。力士たちのたいはんはとっくに逃げるか死ぬかした。霧のなかでなにかの会議がおこなわれていた。コンファレンスが。それはあるはずもない死者たちの会議であった。男たちはみなひどく痩せていた。しかし、みなじぶんをとても太っているとおもいこんでいるのであった。男たちは霧をこいできたのだ。海底からいまごろになってうかんできた力士もいた。尻にヒトデをつけて。みんな坊主頭だった。頭がじんじょうでなくおおきく、眉のとてもこい男たちがあつまっていた。だいじな会議だからだ。会議には悪意も善意もなかった。恐怖党関係者もオブザーバーとして同席した。丁子《ちょうじ》のにおいがただよっていた。死者の声は黒いタールになって霧にながれた。

——よいのどどすか？　どげすかね……。

と問われると、

——どどどんやれ。ごんす、ごんめえ、そこをおまえもやってやれ。

ぬるい声が闇にわいた。それは提案の口ぶりだったが、じっさいには、さからえぬ性質のものだった。ひくく泣き声をもらした力士がいた。すると、のぶとい声が発せられ、霧によどんだ。

——どどどんやれどどんやれな。いいから、おまえもやってやれ。

ガツンガツンと骨のぶつかる音がした。ヒーッ、ヒーッというえんりょがちなさけびがもれた。おおきな水蜜桃が、どろどろとそれじたいの尻を霧の夜にふった。桃は記憶にすぎなかった。桃は闇ににおった。においは丁子とまじってふくらんだ。

——ほれ、おまえもやってやれ。

声は熟れて割れていた。声は桃を知っていた。味を。監視カメラがうごき、桃の尻を追った。桃の尻は撮影された。桃の尻は撮影されると骨の尻になっていた。とくに意味はなかった。

## xxxiii

「諸車通行止め」と記された鉄柵が霧にぬれている。鉄柵につけられた豆電球が霧ににぶく明滅している。いや、明滅ではなく、にじんでいるだけだ。「ん」は鉄柵をぬってあるく。ところどころはバリケードなのだ。「ん」はわたしだ。わたしがさしむけた「ん」であった。「ん」は三拍子か三分の二拍子であるこうとしている。そんな気分で。ラッシャー・キオ・ピアンガー・ミア・クルーダ……と口ずさみあるこうとしている。ラッシャー・キオ・ピアンガー・ミア・クルーダ……とうたひながら「ふ」を殺りたかった過去。殺れなかった過去をおもった。と、片目の不審者「ん」が、なにかにけつまずいた。やせこけた力士の屍体だった。「ん」は左手にもっていた釣り竿を落としそうになったが、落とさなかった。隻眼の不審者はかつて「シュギシャ」とみなされていた。だれも「シュギシャ」とはなにかを知らなかった。警察も「シュギシャ」の発音を知っていたが、「シュギシャ」とはそもそもなにかを知らなかった。隻眼の不審者「ん」が「シュギシャ」であるということは、したがってうたがわしいのだった。恐怖党はシュギシャではないのか。しかし、よくよくかんがえれば、「ん」が不審者かどうかもうたがわしくなる。「ん」が「ん」であることも、隻眼であることも事実としてかくていしがたいのである。「ん」は、わたしの意をうけて多少の黒色火薬をある隧道《すいどう》内にかくしていた。黒色火薬のつつみが霧にぬれていた。

## xxxiv

霧は駅周辺にもたちこめていた。霧は青白い糸くずに似た息を吹きかけて、すべての角ばったりんかくをこの世ならぬものの曲線へとくずしていくのだった。駅に隣接したデパートはずいぶんまえから営業を停止していた。駅むかいの銀行、そのとなりの家電量販店もシャッターをおろしていた。駅前広場にはタクシー乗り場と市内各地にむかう一番から七番までのバス乗り場があったが、バス路線のすべては休止し、タクシーもかぞえるほどしか走っていなかった。タクシーは客をのせて走るのでなく、運転手が私用で、つまり街からの脱出のためにつかっていたにすぎない。いっときは広場にうんざりするほどいたハトたちもいつのまにかどこかにすがたを消してしまった。ハトたちは死んだのだろうか。霧は広場にもまんべんなくふった。女「あ」が男「ゐ」の足をあらっているさいちゅうにもふりつづけ、わきつづけた。広場をさっき巨きなゾウの影がとおりすぎた。アジアゾウか。足音はない。駅とその周辺の造形はまったく意味をうしなった廃墟でしかなかったが、霧の奥にまるでなにか意味あるかたちにみせかけて、もうろうとうかんだり消えたりした。霧はとりわけ鉄道線路にはこくふった。鉄路は霧の奥から生えでた、たったひとつの意味の根か、たよりないけれども、さしあたりはなぞっていくべき幻想の軌道であった。その軌道の霧のむこうで、プチトマトほどちいさな赤い灯がいくつかあえかに点滅していた。あれも点滅ではないのかもしれない。ただのにじみか。どこからか男の声がする。声は落ちつきはらっていた。声は「ポロナイスクデハ……」といって、霧に消えた。イボイノシシの母子がレールぞいにあるいてゆく。

## XXXV

駅前広場のバス乗り場にはもうだれもいなかった。だれもあられなかった。三本肢の犬のほかには、霧だけがあられ、さわさわとまわったり、はったり、ばらけたりしていた。バス乗り場には一番から七番までのポールが等間隔にたっていた。ポールにはそれぞれ発着時刻表がはりつけてあった。ポールはがんじょうなコンクリートの土台でささえられていた。三本肢の犬は霧をかいくぐり七番ポールにちかづいた。七番ポールには「入り江口行き」のバスの発着時刻表がはられていた。七番ポールのコンクリート土台には、ほとんど霧にあらわれてしまってはいたものの、まだほんのすこしだけ何匹かの他の犬の小便のにおいがのこっていた。においはみな古いものばかりだった。あたらしいにおいはまったくなかった。三本肢の犬はそれにベージュの鼻をよせた。しばらくそうして何匹かの他の犬たちのマーキングのにおいをかぐのだった。三本肢の犬は鼻をさらによせて何匹かの他の犬をなつかしんだ。霧は駅前広場にほどろほどろとふりつづいた。たったひとりの犬が七番ポールのにおいをかいでいた。三本肢の犬はマーキングをしたことがない。三本肢の犬はうしろ肢が一本しかないので、ポールの高い個所にうまくマーキングをすることができなかった。三本肢の犬はマーキングをしたいとおもったことはある。三本肢の犬は七番ポールのより高い位置に大量のマーキングをしたいというつよいしょうどうをかんじたことがある。はなばなしく自己をはなち、何匹かの他の犬たちにじぶんをつたえる——それは、夢のしょうどうであった。夢の衝迫を脳りにのこしたまま、三本肢の犬はマーキングをしずかに断念した。かれはただ何匹かの他の犬のマーキングをかいだ。毎日かいだ。何匹かの他の犬たちはすでに死んだか飼い主とともに逃げるかして、もうほとんどいなくなっていた。においは霧にすこしずつあらわれた。三本肢の犬は霧にあらわれる他の犬たちのにおいをかぎつづけた。ツチブタはマーキングをしないのだった。「て」が隧道の壁のへこみに「ん」がかくしていた黒色火薬をみつけた。「て」は、これはつかえそうだな、とおもった。

xxxvi

「ゐ」は霧でよかったとおもった。霧はよかった。よかりた。のだ。なにしろCMがあらかた消えてよかりた。霧のまえには、そこらじゅうインタビューボード、インタビューパネル、バックパネル、バックボード、インタビューバックドロップスだらけだった。宣伝したいブランドのロゴや標語、スローガンを、ボードに色ちがいの市松模様にして印刷する例のやつである。恐怖党だけではない。アメフラシ振興会までがバックパネルをつくった。すべてはヤラセかヤラサレかフリかイカサマか、どちらかというとヤラセかヤラサレかフリかイカサマのたぐいなのだった。なのだが、エンペ一族をふくめ、だれもどれがどれほどヤラセかヤラサレかフリかイカサマかわからなくなり、わからぬままに、まじめにヤラセかヤラサレかフリかイカサマをしていた。「ふ」をはじめ、すべてはわざとらしかった。ないしは、わざとらしくないふり、どちらかというとわざとらしくないふりだらけだった。「ふ」は演説でわざとらしさの撤廃をわざとらしくよびかけたりしたものだ。霧になってからわざとらしさが減ってよかりた。たくさんの広告が無かりて、よかりた。公共広告機構が消えてすっきりした。せいせいした。国の広告も県の広告も町の広告も広告の広告も戦争の広告も平和の広告もなかりてよかりた。個人の感想です。効果には個人差があります。がうせてよかりいた。CM終了後、一時間いないにお電話のかた、先着三十名様におためしパックを無料でお送りします。が、なくりてよかりひた。この記事のつづきをお読みいただくには、デジタルニュースの購入がひつようです。が、なからりてよかりた。新聞とテレビとインターネットが、あらかたことばをうばった。新聞とテレビとインターネットがなくなっても、ことばはなにも回復しなかった。「ゐ」は、ばか医者兼副院長に訊いたのだった。息子「む」のいったいどこがよくなったのか。ばか医者は、みずからのタマをボリボリ掻きかきいったものだ。もったいをつけて。DSM-IV-TRによるとですね、とうしょ、診断基準として五ついじょうをかくにんするひつようがあったわけですね。で、息子さんは五つのうち、【指標1】の〈じぶんを注目の的にしたてあげるための作話〉と【指標5】の〈かなり印象的ではあるものの内容のない浅はかなはなしをする〉と、それから【指標6】の〈芝居がかったオーバーな身ぶり、しゃべり〉と【指標8】の〈あかの他人とじっさいいじょうに親密なかんけいがあるふりをし会ってもいないひとを気やすくファーストネームでよんだりする〉——の四点においていちおう寛解がみられたわけですな。くあんくわいが。プソイドロギア・ファンタスティカの症状に、ま、かいぜんがみられたということです。「わ」は、うつむいて、かゆくもない睾丸を掻きかき、ニタニタ笑いつづけていた。「ゐ」は、浅はかとはなんだ、浅はかとは！　そのプソイドロギア・ファンタスティカというのは、おまえというばか医者兼副院長や「ふ」のことをいふのじゃないか、くそったれめ、とわめいた。ばか医者はぼりぼりタマを掻きながら、こともなげにいった。警察をよびますよ。それとも、あなたも入院しますか。霧のまえのことだ、たしか。

xxxvii

女「あ」は男「ゐ」の足をあらっていた。女はゆっくりとなめらかに「ゐ」の足をあらった。「ゐ」は、「ゐ」の足をあらう女の頭をなでた。窓のそとでは霧がふっている。霧はどこかへながれていた。そうみえた。この部屋が夜の川をながれていた。霧とともに世界はゆっくりとながれていた。すべては霧とともに回っていた。さいしょにあらわれたのは右足であった。たしか。女はまず「ゐ」の右足をあらった。床にひざまずき、しずかに男の右足をあらった。右足は女によってやさしくあらわれた。右足はよろこんだ。「ゐ」はきもちがよかった。女はなめらかにゆっくりとあらった。右足は部位である。部位にすぎない。しかし、女は「ゐ」の部位を部位としてあらっているのではない。そうおもわれた。女はたぶん部位ではない「ゐ」をあらいはじめた。女は右足をてはじめに部位ではない「ゐ」をあらいはじめたと男「ゐ」にはおもわれた。そのことを断じるべきでもない。たんに偶然だった可能性はのこる。「ゐ」はただ右足からやさしくあらわれた。右足はよろこんだ。「ゐ」の右足はそのとき女にとって左足より優先すべきなにかだいじな順番だったのかもしれない。たしかに、右足をあらわれることは、左足がそうされるよりも、いちだんときもちがよかった。女はそのことをあらかじめ知っていたのだろうか。それに、男「ゐ」は、じぶんがたんなる部位ではなく、たとえば、一個の奥としてあつかわれている、とかんじた。奥は、実体でも部位でもない。奥は、想念であり想念の所産でありぜんたいであり、霧の幻想である。「ゐ」は、霧の奥まりをおもった。男は奥としてたいせつに遇されている、と右足をあらわれながらかんじた。男は内心、女に感謝した。だがすぐに感謝をやめて、ただ足をあらわれる位置に徹した。感謝にはもう意味がなかった。「奥としてたいせつに遇されている」というかんじょうは、じっしつのないかんじょうの、あるいはいいまわしの、癖にすぎない。男ののどはそのとき、ゆくりなくも、「カ」または「ワ」と発声した。男「ゐ」の口は、「カ」か「ワ」、またはそれらにちかい音を、水アメにして、女「あ」の後頭部に二滴、垂らした。男は「カ」より「ワ」音をこのんだ。「カ」音より「ワ」音がよほど奥らしいとおもった。男「ゐ」は、女「あ」が、霧の夜にみずから奥まってゆき、なにか誘《そび》きかけているとかんじた。「ゐ」は「窩」の字を脳りにえがこうとしたが、なにせこの霧である。字にはならず、けっきょく、かきそんじの黒いかたまりとなって霧にのまれてしまった。トビエイがゆったりとした波になって青い霧のなかをとんでいた。エイはとめどなく泳ぎきて泳ぎさる何枚かの影であった。エイは灣のほうこうからやってきた。それははじまっていた。霧がながれていた。三本肢の犬があるいている。

# xxxviii

霧がまいている。ヨタカがとんでいる。訪問整体師「ゐ」さんは、いぜん行方不明だ。女「あ」がふいに足あらいを中断し、ラヂオのスイッチをいれ、すぐにまたうずくまって足あらいを再開した。「あ」の動作がそれと気づかぬほどすばやくなめらかだったので、男「ゐ」はすこしも当惑しないですんだ。「あ」はふたたびうつ、い、あしを閉ざし、閉ざされたそこのわずかなすきまからほのかに霧を洩らしつつ、「ゐ」の足をあらっている。これはなんなのだろう。男「ゐ」はおもわずいぶかった。これが、あれか。あの死というものなのか。いつの間にかきてしまったのか。いつきたのか。憶えていない。声がする。またあの男の声だ。またあの男の声。ラヂオからだ。ところどころにモールス信号音がまじる。声の調子からして、泣訴しているのでも脅しているでもなさそうだし、もめごとでもなさそうだ。男はかってにひとりでなにかをしゃべっている。念じているのではない。まったくそうではない。怒っているのでもない。説いているのでも、なにごとかを求めているのでもないとみられる。男はただ一定の速さでなにかをかたっている。そのようなしゃべりかたがあることに、わたしはいまさらのようにおどろいてしまう。いやに歯ぎれがよいのだが、語句のいちいちを強調したがってはいない。さりとて、なげやりとかぞんざいというのでもない。どうやら、これは主張ではない。あらかじめ記された原稿を、いっさいの情緒をくわえずに口述し、朗読しているのだ。この声はたぶんアナウンサーだ。「ウルルントウ……」という音をわたしの耳がとらえた。女「あ」も、うつむいたまま聞いているらしい。ウルルントウ……？　数秒おいて「ウルルン島」の地名とひどくむずかしい漢字「鬱陵島」が黒いかたまりになってまならうらにぼんやりとうかんできた。女「あ」が「ゐ」の足をあらっている。よろこびも悲しみも怒りも皮肉も、毛ほどもかんじょうをいれない、なにかまどろみを誘うはるかにとおい死者のざれ言。これだな、これだな、とわたしはおもふ。せつな、死んだ息子をおもふ。みみをすませ　ラララ　めをみはれ……。すぐにおもわなくなる。死者の寝言。ウルルントウトウホクトウノカゼフウリョクサンクモリジュウヨンヘクトパスカルニジュウニド……。それはそういうことなのだろう。そうであらう。そうであるにしても、どうすることもできない。どうすることもできないのだ。それはじじつというより、たんなる「声」にすぎなかった。ないしは「言われ」「聞かされ」「告げられ」でしかないのだった。霧のなかに声がつづく。つづいた。つづきます。男「ゐ」は女「あ」に右足のつちふまずをあらわれていた。さすられていた。ポロナイスクデハホクトウノカゼフウリョクサンニワカアメジュウハチヘクトパスカルサンド……。セベロクリリスクデハヒガシノカゼフウリョクニニワカユキニジュウニヘクトパスカルレイド……。ところどころモールス信号音。「あ」が「ゐ」のつちふまずを両の手指でつよく押してきた。「あ」は、たぶん、こきざみにいっていた。粋《いき》なものだ。こんなものを聞きながら、こきざみにいくなんて。わたしはふとそうおもったが、錯覚なのかもしれなかった。いったふり、かもしれない。ヤラセかもしれない。「あ」の背後に霧がこくたちこめていた。「あ」が上体をおこした。「ゐ」の膝にまたがっていた。馬のり。ぬめった。ハバロフスクデハホクトウノカゼフウリョクゴハレエージュウヨンヘクトパスカルジュウド……。霧のなかで黒く巨きな錨がたおれ、鉄の爪が海底に食いこんだ。音はしなかった。

## xxxix

いきつづける「あ」は、はいはい、そうかえば、「ゑ」さんのむすめさんであった。女「あ」は「ゑ」さんのむすめさんでなくてもよかった。訪問整体師「ゑ」さんは行方不明だった。きょうび行方知れずはあたりまえだ。消えはふつうだ。女性整体師「ゑ」さんは恐怖党のあの男にやられ、やられ、やられまくりてついにじぶんも獣を毛皮ごとあぶったにおいをはっするようになり、あげく、あの男の口車にのって恐怖党員となり、霧の街のどこかで「握手しましょう！　握手させてください！」とさけんでいるのかもしれないのだ。そういや、「あ」だってわかったもんじゃない。だれかの差し金でわたしをあらっているのではないか。うたぐったらきりがないのだし、うたぐらなくてもきりはない。まちかどに　ラララ　きりのそこに……。息子がなんだったかだって、わかったもんじゃない。そうかんたんに鉄腕アトムになんてなりきれるものだろうか。あの不潔たらしいばか医者だって、調べあげたらなにがでてくるか。あれも恐怖党シンパでないなどとだれが断言できるだろう。ラヂオがいっている。

ルドナヤプリスタニデハフウコウ**フメイ**フウリョク**フメイ**テンキ**フメイ**キアッ**フメイ**オンド**フメイ**……。「あ」がつっぷしたまま つよくいった。ひかがみがそれとさとられるほどはっきりと霧をくゆりあげた。フメイがよひのだった。フメイが。かけねなし！ これだ、これなのだ。フメイだ。フメイでよいのだ。フメイが、などてか、ひとをしてどこまでもいかしめるのである。歌がながれている。げにたぐいなきかちにてありきよのまくきえてあさひぞてらすみふみはしるすきみはしによりてしをふくしぬと……。洋燈屋の絵入りランプたちがぼうぼうっと灯った。

## xl

ハナガサクラゲが霧の空でさかんにはんしょくしている。傘をバクバク閉じたりひらいたり。傘の表面からはみじかい触手がむにょむにょと生え、そのせんたんはひとつひとつが黄緑や桃色の蛍光色である。洋燈屋にこんなランプがあった。ランプはクラゲになって泳いだ。この街にはおおきな拘置所があられた。そこの門には「人間は此福を犠牲にして、纔かに世界の進化を翼成してゐる」と揮毫されたボードがあったが、濃霧で字はみえず、かりにみえたにしても、なにがいいたいのかだれにもわかりはせず、だれもわかろうとしていなかった。かつて、霧のなかりたころに、彫り師「て」がこの拘置所にいたことがある。「ん」もいたことがある。すなわち、「ゐ」も、わたしも。「ハンシャ」といういがいに、理由はよくわからない。のです。これがミンススギです。ただ、ずっと霧なれども、そこで、死刑はあられていたのだ。あらられていた。のだ。いっかんして絞首刑はおこなわれた。などて？　理由はない。んのだ。刑務官のおおくは死ぬか逃げるかして、員数が足りなくなっていたにもかかわらず、死刑は執行せられた。それはいっかんしてせらるるものなのであった。だれも、なぜと問いはしなかった。なぜ。なぜ。なして。などて。なぜはしだいにあられなくなっていたのである。なぜがなくても、ものごとはつづいた。なぜはないほうがものごとはぜんぽんに円滑にはこんでいた。すでになぜはもうあまりなかりた。しかし、死刑囚はあられた。首にかける絞縄《こうじょう》は霧にぬれていた。マニラ麻のロープは霧をすってかたくなった。霧なれども、エンペは禁中にあられた。エンペはそれでも霧として、おんあらられた。絞首刑はエンペのバースデイにはあられらりなかった。エンペの眼動脈と内頸動脈はつながっておらりた。刑場の天井につけられた滑車の音は霧ににぶった。

しかし、ロープのしなりや、ぶーんと回転し、またぶーんとまきもどる音は、霧にあられなかったときより、ものすごくどうもうだった。死刑囚の頸骨のくだける音にしげきされて、霧はまたこくなった。ウィンターブルーの霧に、赤さび色の鼻血が散った。わたし＝「ゐ」にはけさ、霧のむこうにそれがみえた。ふとみえた。眼動脈と内頸動脈がはれつして、そのいきおいでとびでた眼球がみえた。目からモミジバゼラニウムが、鼻からはチェリーセージが咲いた。血の飛散。それは、ように、ではなかった。「やうに」や「ように」はそれではない。なひのだ。にんげんはこのさいはひをぎせいにしてわづかにせかいのしんかをよくせいしてゐる。から、霧にあっても死刑はあられた。「やうに」や「ように」ではなひ。それは、眼窩からとびだした目玉や鼻血いがいのなにものでもなかった。わたし＝「ゐ」は「あ」に足をあらわれながら、そのことをちらりとおもいだした。だが。あれっ。死刑執行担当刑務官は、よくみると、ありゃ囚人なのじゃないか。では、吊されて縊死しかかっているのはだれだ。霧にかすんではいるけれども、よくみると、教誨師さんではないか。目からモミジバゼラニウムを、鼻からはチェリーセージをまっ赤に咲かせた牧師さんではないひのか。わけがわからなゐ。でも、儀式はいつもとさほどに変わりなかった。とどこおりなく儀式はせられた。牧師は吊されるまえにうたった。ふけゆくーのはらのしじーまやーぶりーみつかいーたへなるーうたうたーひぬ……。舌骨がパキリと折られた。それじたいはヤラセではなかった。フリでもなかった。

## xli

「あ」が足をあらっている。男の声が聞こえる。霧にながれる。ときおりつよく、よわく、モールス信号音がまじる。ルドナヤプリスタニヒガシノカゼフウリョクニクモリジュウゴヘクトパスカルジュウゴド……。アモイデハナンセイノカゼフウリョクニハレエーゼロキュウヘクトパスカルニジュウゴド……。声にはどのようななつかしみのかんじょうもいまだみぬものにむけた、おさえきれない興味からくる声のうるみやふくらみもありはしない。なんということだろう。ルドナヤプリスタニにたいする愛もけんおも親近感も悪意もないのだ。もちろん、すこしばかりの忠誠心も。「あ」は顔をふせて声にじっと聞きいっている。「ゐ」の足をあらうふりをしてその声を聞いている。そうみえる。男の「ハレ」の発音には明らかな特徴があった。奇妙なことだが、ほとんど「ハレ」の発音だけに発声者の個性がかんじられた。「ゐ」はおもう。この男はかなりの気うつにおちいっており、職場でも変わり者でとおり、長期にわたり孤立しているのではないか。そのことがかれのかたる、すこしも「ハレ」らしくない「ハレ」の発音にあらわれているのではないか。有声子音〔r〕と母音〔e〕がけつごうした音節〔re〕が音びきされて、「レエー」と、すなわちぜんたいでは「ハレエー」となり、異常なほどながくひきのばされた「ハレエー」の長音符は、霧の宙にぶらさがったまま、とちゅうで上がるでも下がるでもなく、陰にこもった誦文《じゅもん》となり、おなじ音程を維持したまま、世界中でかれだけの「ハレエー」をやっといいおえる。そしてとつぜんわれにかえり意識をつぎの気圧単位の朗読へとつなげていく。「ゐ」はそうおもう。女「あ」は、この放送を気にいっているのではないか。そういう体質なのか。「ゐ」もいやではなかった。「あ」はまたこきざみにいっていた。いったふりかもしれないが。「あ」は、しかし、こきざみにいっているのではないのかもしれない。おもいすごしかもしれない。息子「む」のことにしたって。なにが演技性パーソナリティ障害だ。んなこといやあ、ぜんいんが演技性パーソナリティ障害だろ。アメフラシだってアンドンクラゲだって、オーストラリアウンバチクラゲだって。なにが

HPDだ。なにがICD-10のF00–F99だ。ルドナヤプリスタニにも霧はながれていた。おなじころ、厦門にもヘルシンキにもチッタゴンにも、しずかに霧がながれていた。それはすでにはじまっていた。しかし、はじまったそれについて、てきかくに表現することばを、だれも知らなかった。「ふ」はすこぶるじょうきげんだった。「ふ」とは、とりかえしのつかないしかたで露出しているなにかだった。拘置所の塀ぞいにコビトカバがあるいている。霧でほとんどみえない。

## xlii

ニガヨモギの草むらでひとが死んでいた。とくに意味はなかった。なにもめずらしくはない。シデムシがたくさんたかっていた。のだのだ。のささ。うつぶせて死んでいた。訪問整体師「ゑ」さんではなかった。「ふ」でもなかった。若いのか若くないのか、殺されたのか、殺されたのではないのか、のか、はっきりとしない。なにもひかくできる前例がなかった。のだ。なかりたのだ。ニガヨモギが霧にこくにおった。ラヂオではunprecedented new situationとつたえた外電もあったが、なにがどのように unprecedented new situation かを説明することはできなかった。なにが unprecedented new situation だ。わたし＝「ゐ」はアホくさいとおもう。そんなことなら、前世紀から、いや、前前世紀からいわれてきたのだ。はじまったことの性質と次元は、ことばや映像による描写にはとてもおさまるものではなかった。はじまったことは、ことばをおきざりにして、ことばと映像といふ、はじまったことをむりやりげんていし閉じこめてしまう殻を、てもなくやぶって拡大し、さきへさきへとすすんでいった。あるいは、うしろへうしろへとすすんでいった。はじまったことの規模と次元と性質と原因とゆくえについては、想像にゆだねられるしかなかったのだ。霧はやまなかった。三本肢の犬はあるきつづけた。

## xliii

アメフラシが触角をこまかくふるわせた。すると、触角と反対がわにある紫汁腺《しじゅうせん》から、パンジーパープルの液がもくもくとでてきた。煙幕である。パンジーパープルの液汁が霧にとけてゆく。旧給水塔はいまはつかわれてはいないのに、モニュメンタルアクアタワーとよばれ、とりこわされずに霧のなかに存在していた。アクアタワーの水色の水槽よりうえは霧にとざされて、なにもみえなかった。水槽はからであった。そこに整体師「ゑ」さんがひっそりとかくれていた。ドーム型のからの水槽のなかで、やったりやられたりしながら、恐怖党員の「き」としあわせにくらしていた。「き」はとてもやさしかった。からの水槽は声がよくひびいた。「ゑ」さんはよく歌をうたった。「き」は空の水槽でまいにち「ゑ」さんとやった。だけでなく、「き」は「ゑ」さんのためにどこからか食べものをはこんできた。からの水槽は「ゑ」さんの声をいちだんとうつくしくした。「ゑ」さんは「き」のためにうたった。「き」は聴いた。くじゅうくひきのひつじはおりにあれどもーもどらざりしいっぴきはいずこにゆきしーかいぬしよりはなれておくやまにー……。

## xliv

女が割れた男「ゐ」の足をあらっている。みたところ、女は右ききである。男「ゐ」はおもった。この位置かんけいだと、右ききの者はふつう、相手の左足からあらいはじめるのではなかろうか。床にひざまずいた右ききの者にとって、ソファにすわる対象の左足のほうが右足よりもやや右手にちかいのだから、さきに左足に触れるのが自然というものではないだろうか。それなのにあえて「ゐ」の右足からあらいはじめたということは、そこになんらかの意思のようなものがはたらいたとかんがえてもよいのかもしれない。つまり選択という意思ないし無意識が。瀏には無意識の霧が揺曳《ようえい》していた。霧は無意識だった。よしんば悪意にだったにしても無意識だった。善意にしても無意識だった。男「ゐ」はおもうのをやめた。おもわなくなった。うわすぃは足をあらわれながら、こころで歌をうたっている。なにかに歌をうたわされている。ソラヲコエテ　ラララ　ホシノカナタ　ユクゾ　アトム　ジェットノカギリココロヤサシ……。

xlv

霧のなかにサルスベリがあった。深紅の花がモワモワと咲いていた。犬が「ゐ」のなかの霧をあるいていた。女に足をあらわれながら、「ゐ」は三本肢の犬のことをおもった。犬は霧の影だった。三本肢の犬がこの霧のなかをあるいていた。「ゐ」は三本肢の犬をいつも気にしていた。三本肢の犬の存在にじぶんをかさねていた。三本足の犬は咎めないものであった。三本肢の犬が霧にかくれてよろよろあるいていた。霧は「ゐ」の胸にながれていた。とおくからピアノの音がする。単調な音。耳のそとではなく、耳のなかの音かもしれない。カノンだろう。カノンでなくてもよい。どうでもよいことだ。霧がわいている。三本肢の犬には三本の肢の犬という自意識がない。かれにはZとよぶ声への反射はあった。Zは「ゐ」のなかの霧をあるいていた。三本肢の犬はわたし――「ゐ」――「て」――「ん」の胴体の暗がりをとぎれなくあるくこともあった。Zは他を警戒はしたが、咎めはしなかった。他の犬はいざしらず、三本肢の犬には、瑕疵《かし》や欠損という観念がなかった。かれはみずからの身に瑕疵や欠損をかんじないだけではなく、他者にも瑕疵や欠損をみとめなかった。だから、いたずらな感傷もなかった。それは、とりもなおさず、よりよい、あるいはかんぜんな存在をまったく措定していないことをしめしていた。三本肢の犬の胸には、だが、虚空か虚空ににたものがあった。三本肢の犬の虚空は、虚空それじたいの虚空ではなく、存在の喪失を終生うすく悲しみつづける虚空のながれであった。かれには他の痛みを気づかうこころがあった。三本肢の犬はさらに、死をおもうことができた。三本肢の犬のこころは、かれの目の色とかげりからすこし知ることができた。犬は、しかし、擬人化されるべきではない。犬は犬である。ひともまた擬犬化されるべきではない。ひとはひとだ。ひとは例外なく演技性パーソナリティ障害である。ひどいHPDである。APDでもある。イトミミズはイトミミズである。アメフラシはアメフラシである。象徴ではない。霧のなかにサルスベリがあった。深紅の花が霧にもわもわと咲いていた。もわもわから、ひとがひとり垂直に垂れていた。垂れているひとは、花と霧とで、ほとんどあるいはまったく、みえなかった。首を吊って垂れているひとは「し」であった。「し」はエンバーマーであった。「し」はこの街でエンバーミングをしていた。けれども、「し」はべつにエンバーマーでなくても「し」でなくてもよかった。「し」は裸足で花間に垂れていた。かれはおおくの他者のからだから血液やガスをぬいたことがあった。防腐剤を注入したこともあった。それがしごとであった。だからといってどうということはない。Zが「し」の足の下をとおっていった。Zは「し」の垂れをかんじていたが、垂れをみあげはしなかった。老いた彫り師「て」も、「し」の垂れに気づいていた。「て」は先のとがったヘラジカの骨片と顔料を手に霧をこぎ、赤いサルスベリにちかづいていった。深紅の花が霧に散っていた。景色はなにか、もどろであった。はだらだった。

## xlvi

三本肢の犬Zは空き地のセイタカアワダチソウの群落でたまたまみつけたオーストラリア製のモグラのぬいぐるみをこのんでいた。モグラのぬいぐるみはすてられたものだった。Zはいつもぬいぐるみを甘咬みして寝床にはこんできては、かきいだいていっしょに寝た。三本肢の犬はときにはぬいぐるみを本気で咬み、ひきずり、ふりまわしたりした。ぬいぐるみには犬のよだれと犬のにおいがしみこんでいた。ぬいぐるみのモグラの左まえ肢は肩ぐちからちぎれかかっていた。鼻はすでになくなってた。三本肢の犬はどんなときもぬいぐるみのモグラと寝た。モグラはとうにモグラのかたちをうしなっていた。三本肢の犬はもはやなんのかたちもしていない黒ずんだ詰めものをこのんでいた。それはかならずしも愛ではなかったが、愛ににていなくもなかった。執着でも癖でも習慣でもなく、それらとまったく無かんけいでもなかった。犬は、もはやなんのかたちもしていない、黒ずんだ詰めものを、つかのま目にうかべたりして霧のなかをあるいていた。それは、もうはじまっていた。産廃置き場で恐怖党員「き」が死んでいた。頭を拳銃でうたれて。額が半分なくなっていた。脳漿がでていた。わたしが「て」や「ん」に「き」殺しを依頼したのではない。ヘクソカズラがつよくにおっていた。シデムシが屍体にたかっていた。クロシデムシだった。メスのクロシデムシたちは子どもたちをそだてるために「き」の血まみれの頬肉を肉団子にしてはこんだ。訪問整体師「ゑ」さんはアクアタワーの水槽で「き」をまちつづけた。うたいながらまちつづけた。

## xlvii

三本肢の犬は霧をあるいた。犬に未来の感覚はなかった。未来のくわんくわくをもたないのは……と「ゐ」はおもふ。未来の感覚をいたずらにもつよりもすぐれている。Zはただ、おわりをからだの奥でかんじることができた。それは感慨にどこかにていたが感慨とおなじではなかった。いつかいきつくおわりをさきのばしにしようという気は犬にはなかった。「ゐ」にもなかった。わたしにもなかった。警察が「き」の屍体をみつけ、おざなりではあったが、しらべた。結論は「フメイ」だった。だとうな結論であった。警察にも恐怖党員がいた。恐怖党から分派した新恐怖党員もいた。敵と味方、ニセとほんものがだれもよくわからなくなっていた。なにもかも区別がなくなっていた。「ふ」は、ほんらい、大うそつきのテーノーであったが、だれもがそこまで大うそつきのテーノーだとはおもわなくなっていった。「ふ」は一匹のだみ声でよくしゃべるマスクチンパンジーを参謀役にしていた。それは霧のまえからだ。

## xlviii

とりとめがなかりいた。ことばがぶれる。わたすぃはふと魚がたべたくなった。魚をほっしたということにわれながらちょっとおどろく。うわたすぃはなんだかリアルだとおもう。リアルさにたじろぐ。だが、どうしても、ということではない。どうしてもしたい、なんてなにもない。魚をもうずいぶんながいことたべていない。どうでもよいじじつだ。わたひはヒラメの刺身をたべたかった。さいごにヒラメの刺身をたべたのはいつだったろうか。おもひだせない。わたしはまいにち賞味期限のきれたバナナ風味の三十二種総合栄養食品凝縮テューブ(12GNFT-E)ばかりたべている。12GNFT-Eは従来品より五日間の排泄便総量を一人平均四分の一すくなくすることができた。だからどうしたというのだ。12GNFT-Eは広州製だった。どこ製でもよい。わたしは魚がちょっとたべたかっただけだ。生きたい、というのと、それはちがうしょうどうだった。生きたひ、とはとくにおもわなかった。刺身といったって、なにもヒラメの刺身でなくてもよかったのだ。たとえよごれて腐りかけていても、魚がたべたかった……なんて、そこまで痛切でもない。せつじつでもない。せつじつなんてない。ヤラセ、ヤラサレ、フリなんだよな、けっきょく。魚はなかりた。魚をたべなくてもべつによかった。ぅわたすぃはよかりた。わたしは「ゐ」になる。「む」をおもう。かれは鉄腕アトムになりきったか。なりきることができたのか。ありえないのではないか。「む」は鉄腕アトムになりきっていないじぶんをじゅうぶんに知っていたのではないか。なりきればよいのだ。徹頭徹尾演じきればよひ。「む」はそうではなく、落下しながらそのことを気にしていたのではないか。なりきっていない「半鉄腕アトム」。そのことを気にして、降下しながら、ふっとじぶんを笑ったのではないかな。だとしたら、それはいわゆる、かわいそうということではないのか。

## xlix

女「あ」が霧の夜ふけに両手でうわたすぃのはらわたをあらっていた。たのみもしてないのに。ゆさゆさあらっていた。わたひはゆさゆさゆれた。ゆれてわろた。足だとばかりおもっていたら、はらわたになっていたのだ。底意は、はかりかねる。はからなくてもよい。のだ。すべてのことに底意があるわけではない。善意でも悪意でもないことだってある。ツチブタがオシッコをした。霧たつ。わたしはけっして傲然とはらわたをあらわせていたのではない。ただはらわたをあらわれていたにすぎない。わたひのはらわたがあらわれていることと、女が、うわたすぃの足をあらっていることとは、どちらかあるいは双方のなんらかの意識や無意識の反映かもしれなかった。が、それよりも、霧の夜、ここにこつぜんと生まれでた、これは幻灯である。実体を欠くながれゆく風景である。幻影といってもよい。幻影でないげんじつはないひのだから。わたしのはらわたが女「あ」の手にあらわれているのだ。とてもやさしくたんねんにあらわれている。「あ」は、「ゐ」のはらわたがあんまりながいものだから、じぶんの首にまいてみたり、肩からたすきがけにしたりして、ぜんたいをズルズルっとずらしながらむらなくあらおうとしている。工夫というやつだ。わたしいがいにも「あ」にはらわたをあらってもらったひとがいるのかもしれないな。たとえば「む」の主治医とか。樹木ドロボウの「ぬ」。あるいは恐怖党員の「き」や「き」の同志とか。かりにそうだとしたところで、なにほどのことがあるだろうか。いってみれば、鷹揚《おうよう》であるべきだ。すべてに。はらわたがしずかに腹にもどされていく。べろべろといやらしい音がしてもふしぎではないが、べろべろと音はしていない。水音もほとんどしていない。あっ、また足をあらっている。はらわたあらいのときより指がなんだかいたずらになっている。「あ」の指はしだいに数尾の銀色の小魚になって、足の指のまたにすべりこむ。指と指のあいだで小魚がピキピキとあばれる。足の指はあばれる小魚をはさみつけようとする。小魚と足の指たちはそれぞれ自律的にうごき、反射し、たわむれ、すこしも思考しはしない。思考しようともしない。小魚はときおり、まえぶれもなく笹の葉ほどうすいナイフになる。足の指はそれをかんじると、はさみこむうごきをぴたりとやめた。それとて思考のあらわれではない。足の指はたいしてかんがえてはいない。おおむね反射して遊んでいるだけである。「あ」は顔をあげない。あげたかもしれないが「ゐ」は憶えていない。かっこうは、まるでまじないだ。おまじない。祈りとはおもわれぬ。「あ」は両の手でわたしの足をあらっている。指は小魚になったり、うすい小刀になったりする。霧がながれている。青い霧のなかに、霧よりもっと青い影がうごいている。青い影は霧の思念かもしれない。それはもうはじまっていたのに、わたしはそれがもうはじまっていたことをときどきわすれた。そして、ときどきおもいだした。

## 1

顔はみえないけれども、「あ」はつらそうではない。苦しそうでもない。かくべつに楽しそうでもない。気配でそれはわかる。女はごくとうぜんのように割れたわたしの足をあらっている。わたしは女の左右の拇指の腹を、足の甲にかんじる。両の人さし指は土ふまずにある。拇指と人さし指とでわたしの足をたわめつつ、ゆるくもみながら、あらっている。それらの動作は意味でも意思でもなく、霧のなかのただのながれである。「ゐ」は足を女の手によってあらわれている。わたしの足は女にあらわれるながれのなかにある。わたしはこのままでよいとおもっている。このままですむわけがなかろう、ともかんじていた。けれども、このままですんでしまう気もした。たいていのことはこのままですむ。それが経験則だ。たいていのことはこのままではすまぬこともある。それも経験則だ。経験則にはしたがって意味がない。「ゐ」は「ん」をおもった。

li

わたしは足をあらわれながら、丸刈りの女のつむじをみている。つむじはずいぶん小さく、左まきであった。左まきのつむじは統計上、右まきよりすくないという。わたしのつむじも左まきのはずである。左まきのつむじの女が、夜、やはり左まきのつむじの男の足をあらっている。ありうべし。水の音をたてずに、ものしずかにあらっている。そのことがすべてだ。女の頭はほとんどうごかない。つむじもほとんどうごかない。つむじは磁気をおびた砂鉄にみえる。台風の目にもみえる。つむじよりだいぶ下のほうで手指はうごいているのだが、死角にはいっている。つむじと指にはなにもかかわりがない。そうおもえる。左まきのつむじと小魚のような手指のもち主であるこの女が、なにをかんがえているのか、あるいはなにもかんがえていないのか、わかりかねた。わたしの足はただ、女によって、夜、あらわれていた。女は無言で私の足をあらいつづけた。それはいっけん、思考か祈りのようでもあった。しかし、思考でも祈りでもないらしいことをわたしは知っている。また、思考でも祈りでもないことをわたしはねがっている。女がわたしの居間でわたしの足をあらっていた。窓のそとには霧がながれていた。わたしは女の頭をなでた。わたしは足をあらわれながら、ときどき女「あ」の坊主頭をなでた。「あ」は、ばさりときりおとされた髪がひとふさ手にさわったときの感覚をおもいだした。洋燈屋のとなりの空き地にコビトカバがやってきた。霧にまぎれコビトカバはほとんどりんかくをなくしていた。コビトカバは空き地のウマゴヤシをたべはじめた。

lii

わたしの足をあらっているのは「あ」である。わたしは「あ」とことばをかわしたことがない。わたしは「あ」がなにかはなしているのをみたことがない。わたしは「あ」の声を聞いたことがない。わたしは「あ」の声を知らない。霧ふかい夜に、「あ」がだまってわたしの足をあらっている。わたしは「あ」の深さを知らない。女は「あ」だが、「あ」の影のようでもある。女は霧のなかにわいたエイのようでもある。女は「あ」だが、わたしの足をあらっている女は、霧のなかで「あ」をこえていた。霧は既存の「あ」をあいまいにほぐしていた。霧はしばしば存在をあいまいにほどいてしまった。「あ」の背後に三本肢の犬がいた。におった。そんな気がした。

## liii

わたしの住むところから三ブロックほどはなれたところに、おぼろな洋燈屋があった。洋燈屋は黒字に黄色で「洋燈屋」とかかれた看板をかかげている。洋燈屋は夜だけ営業している。わたしは霧のまえから、よく洋燈屋のまえをとおった。ときにはぶらりと店内にはいった。洋燈屋のよこには家二軒分ほどの空き地がある。空き地はかなり汚染されていた。それがおきるまえから空き地は売りにだされていたが売れなかった。空き地には雑草が生いしげっている。三本肢の犬は七年ほどまえにそこにすてられ、そこでひろわれた。空き地には犬の小川がながれていた。霧の底で小川はひかった。小川のほとりにセイタカアワダチソウの群落があった。空き地にはテッセンが一輪咲いたことがある。犬はそのテッセンをみたことがある。夜に空き地の小川はみなぎった。霧の底で水がふくれた。犬のなかには小川がながれていた。三本肢の犬には小川がながれていた。

## liv

霧がながれている。三本肢の犬は他の存在や他の状態をうらやんだことがなかった。まったくなかった。ラクダになりたいとねがったこともない。バッタになりたいとじょうだんでもおもったことはなかった。三本肢の犬はまれにちからなくわらうことはあったが、じょうだんの気分はなかった。三本肢の犬のなかには小川がながれていたけれども、小川になってみたいとおもったこともなかった。三本肢の犬には自意識がまったくなかった。あるいは、ほとんどなかった。ごくまれに綿どうようのごくやわらかな自意識がうかぶこともあったが、わたしの割れたそれとはなりたちがことなっていた。三本肢の犬は、なにかになりたいとねがったことはなかった。わたしも、水滴や砂漠になったらどうかなとおもうことはあるけれど、なにかになりたいとあまりつよくねがったことはなかった。ハコヤナギの綿毛になりたいとぼんやりとおもったことはあったが、さほどにつよくねがったことはなかった。他の存在や他の状態をうらやんだことはなかった。わたしは鉄腕アトムになりたいとこどものころにおもったことはある。鉄腕アトムになったのは、しかしながら、わたしでなくわたしの息子「む」であった。「ふ」とマスクチンパンジーが霧の奥でフフフとわらっている。「ふ」は前歯をみせてわろた。チンパンは口をへの字にゆがめ、手をぱんぱんとたたいてわらった。

## lv

女が、顔をふせて、だまってわたしの足をあらっている。男「ゐ」でもありうるわたしは困らない。足をあらわれていることにも、「あ」が声をださぬことにも当惑しない。「あ」は失声者なのかもしれなかった。「ゐ」は声のなかりることになにもおどろきはせなんだ。じっさい、有声者といふのはしばしば、うるさくばかげていた。「む」だってそうおもっていたかもしれぬ。「あ」がほんとうに失声者かどうかわからなかった。わたしは足をあらわれながら、「あ」となにかはなしているともかんじていた。「あ」は洋燈屋のうらの工房でくらしていた。霧はとぎれなかった。空き地には羽目板が一枚すてられていた。羽目板には苔《こけ》が生えていた。苔は霧のなかでつやめいた。苔をこい萌葱色《もえぎいろ》につやめかせている、その霧の上層を、老女「や」が、両手をまえに脚をうしろに、まっすぐにのばし、なにかアルカイックに笑いながらとんでいった。ながれていった。犬がみあげる。それでよい。それでよいのだ。

## lvi

女「あ」が夜、こうしてわたしの足をあらっているわけを、割れたわたしはあまりかんがえなかった。男「ゐ」の足が、青くひかる霧の夜に、女の手であらわれているのは、わけからきりはなされた、不意の靄《もや》のおぼろな現象であった。こうされていることについてわたしはうしろめたくはなかった。情けなくもなかった。窓外の、霧のためにこく青む空を、モミジアオイの赤い花びらが、一、二、三、四、五枚……ばらばらにとんでいった。血のこごりのようなそれらを目のはしにみて、わたしは一、二、三……と数をかぞえたのだった。わたしは顔をふせた女に足をあらわれていた。モミジアオイの赤い花びらは女の視界にはなかったとおもわれるのだが、なかったというかくしょうもありはしない。血のこごりのようなモミジアオイの赤黒い花弁が、青びかりするビロードの空に細く赤い線を曳きながら横ざまにとんでいくのを、わたしの足をあらっていた女がまったくみなかったとは、とてもいいきれるものではない。女はモミジアオイの赤黒い花弁の飛翔を、背中でみたかもしれない。霧がさらさらとながれている。「あ」がひょいと面をあげ〈ね、ぜんぶほっぽって、灯台にいって、イカでも釣りませうよ〉といった。あるいは〈ね、ぜんぶほっぽって、船にのって、イカでも釣りにゆきませうよ〉といった。「ゐ」は「あ」がそういったとおもった。どうしてだらう。こころがぱあっとひろがった。ほっぽって、といったとき、唇がとんがった。そうおもった。「あ」をみかえしたら、「あ」はもう顔をふせていた。「あ」は母であるらしい「ゑ」さんのことを気にしているのかわからなかった。あまり気にしていないみたいだ。「あ」が恐怖党または新恐怖党のスパイでないほしょうはなかった。絵入りランプが霧にうかんでいる。

## lvii

ながれる霧のなかを三本肢の犬があるいていた。犬はベストをつけていた。犬のベストは、まったくベストにはみえなかった。Zの毛とおなじ毛並み、おなじベージュ色だったから。ベストには内ポケットが二つついていた。一つのポケットはお金がはいっていて、もう一つにはビニール袋に小分けにされたオートラオピオイドルミンがはいっていた。オートラオピオイドルミンは白い顆粒である。オートラオピオイドルミンはひとびとにまたれていた。三本肢の犬はときおりうしろをふりかえりながら霧のなかをオートラオピオイドルミンをくばってあるいていた。わたしのなかの霧を犬があるいていた。三本肢の犬は霧にぬれた。オートラオピオイドルミンはぬれなかった。犬はひとりであった。三本肢の犬は霧にかくされていた。かれには哀しい自己像はなかった。が、悲しみの情は体内につねにあった。それはひとかたまりの雲になり犬の体内にうかんでいた。青い夜だった。トビエイがとんでいた。霧がさらさらとふっていた。ピアノの曲がながれていた。三本肢の犬は霧の奥に音楽を聞いていた。霧はあてどなくながれた。わたしは女に足をあらわれていた。「ゐ」さんが、からの水槽で歌をうたっている。

## lviii

霧は坂道をのぼった。霧は坂道をすべりおりた。霧は街をはいまわった。「ゐ」は死んだ妻をおもいだそうとした。おもいだせなかった。あまりほんきでおもいだそうとしていないのにほどなく気がついた。もちこたえなければならないものはなかった。

## lix

わたしはふと生卵をのみたくなった。というより、生卵の黄身を舌にのせて、割らずにしばらくそのままにして、あそんでみたくなった。むかしそうやったことがある。そのときは、こころがなにか自由だった気がする。舌のうえのあの生卵をおもいだした。罪。生卵と罪。生卵はわたしのところにはなかった。わたしは生卵をすぐにあきらめた。かんたんにあきらめることができた。

## lx

わたしの足は洗面器の湯につかっていた。洗面器も湯も、女がだまって浴室からはこんできたのだ。そうするようにわたしが指示したのではない。女がだまって浴室からはこんできたのである。そして、洗面器と湯がそこにあった。バスタオルも。湯はぬるく、女の手はやや冷たかった。においと感触から、女が石けんをつかっていることにわたしは気づいている。女は夜、石けんで私の足をあらっていた。わたしは女に石けんで足をあらわれていた。おんなのつむじがうごいた。ひざまずいていた女がゆっくりと体勢をかえて、相撲の蹲踞《そんきょ》のかっこうになった。しばらくそうしてから、ふたたびひざまずいた。手はわたしの足からはなれなかった。女はわたしの足をあらいつづけた。「ゐ」はぼんやりと霧をみていた。霧の奥をきわめて巨きなエイが泳いでいた。わたしは割れた。うわたすぃは足をあらわれつづけた。それははじまっていた。

## lxi

霧がすきかどうか。きらいなのか。それさえわからない。すべて無効だ。不全なのである。それでもよい。声。声はしょせん、発せられたとたんに、だれかにつかえる。奉仕する。発声者をふくむだれかにへつらう。これは定理だろうか。足をあらわれながらわたしはかんがえている。いや、あまりかんがえていない。わたしはうつらうつらして「ゐ」になったり「て」になったり「ん」になったりする。意識がズルッとすべってZになってあるく。転々とする。女はだまってわたしの足をあらっている。女には声がない。とおもわれる。わたしはまどろんだ。いきなりバーンと大きな音がした。目ざめた。女はいない。Zがいる。犬が。Zが身がまえてうなった。じんじょうでない音だ。不意の悲しみを予感させる大きなしょうげき音。階上にはひとがいないはずだ。家族がみんな死ぬか逃げるかした。犬は天井を見あげることをせず、わたしの目にだまって一瞥をなげてから、廊下から浴室のほうこうにかけていく。犬に遅れてついていくと、浴室の床になにか青い大きなものがたおれている。それは浴室の半透明のドアのかげになっていて、ぜんたいのようすがよくみえない。というより、視力の低下が進行しているのだろう、とんでもなく大きな棒状のものが投げこまれているのだが、それがなにかわからない。一歩ふみこんでみきわめようという意欲もわかない。目がわるくなっているだけでなく、気力もいちじるしくおとろえてきている。なにか青く大きな棒状のもの。浴室によこだおしになって、うごかなくなっている。たぶん、それがさっきの音の原因だ。まえの思考とあとの思考のつなぎが間歇的で、だんだん間遠になっている。直観——イメージ——分析——判断といった脳りのはたらきの、継起の速度がずいぶんおそくなっていて、いつもなげやりで他人事のような気分がつきまとう。思考の点滅、off と on の区別さえかなりあいまいになっている。着想と想念ぜんぱん……潮がひいていくのとおなじそれらの消失。消えのこる水たまり。疲労感。干満の別だってどうもはっきりしない。犬は浴室のドアのかげにはいりこんでいって実況見分をしている。わかった。いや、わかったのは、もっとまえだったのかもしれないのだが、なんだか大儀だったので、じぶんでじぶんにわかったとみとめなかったのだ。青い棒状のものは中国製の転倒防止用つかまり棒だ。ま、どこ製でもよい。つかまり棒である。吸盤式。浴室の壁にふたつはりつけていた。入浴時につかまるためだ。それが、なにかのひょうしで床に落下したのだ。「つかまり棒がつかまっても安全なときは安全サインが青になります。吸盤に効力がなくなったら、つかまり棒の安全サインが赤くなりますので、ご使用を中止されてください」。説明書にそうかいてあった。中止されてください。よこだおしのつかまり棒の安全サインをみおろすと、なるほど、赤くなっている。つかまり棒は、わたしが入浴中ではないときに、みずからご使用を中止されることにして、バーンと音たてて、じしゅ的に落下したのだ。ショックをうける。ショックをうけたってしかたがないのに。Zは消えていた。わたしは割れる。もどろになる。男「ゐ」か、わたしなのかはっきりとしなくなる。かりにまちがっているとしても致命的な錯誤ではないとおもいなす。わたしはわたしでなく、「ゐ」でも「て」でも「ん」でも犬でもかまいはしない。わたしはだれかになにかをたのまれていた気がする。なんだったか。おもいだせない。依頼内容と諾否。わからない。じぶんの口が意思からはなれてなにかひくくいっている。これはだれの声なのだろう。ミナミダイトウジマテンキフメイキアツフメイ……。

# lxii

丸刈りの女がわたしの足をあらってゐる。わたしたちはいちども声をはっしていない。でも、だまりこくっているのではない。声によらないなにかのやりとりはあった。足をあらわれながら、わたしは「あ」を、バスどおりの洋燈屋でみかけたことがあるのをおもいだした。霧にぼうっとうかんでいる洋燈屋をおもった。洋燈屋はあらわれた。ことによったら、「あ」は訪問整体師「ゐ」さんの娘であるとともに、洋燈屋のオーナーなのかもしれない。しかし、そんなことはどうでもよひ。オーナーでもオーナーでなくてもよい。ひとが帰属するものとひとが所有するものは、ながくそうかんちがいされてはいたが、ひとそのものではないのだ。んのさ。「ゐ」は洋燈屋にいったことがある。そこで三本肢の犬をみた。「あ」をみた。「な」もみた。「て」もいた。「し」もみた。片目の不審者「ん」もみた。レインボーアクアリストの主人「さ」も、「さ」の妻もみた。「む」もいた。「む」の母も。なんといふことだらう。かれらはきっとみな絵入りランプからでてきたのだ。といふことは、わたしもまたランプからランタンから霧にながれてできたといふことか。あの火屋《ほや》のなかから。シェードの内がわから。犬は「ゐ」によくなついた。犬は「ゐ」にはいり、しばらくとどまり、わたしをとおりすぎた。三本肢の犬Zは、半透過性の影となって、わたしのなかにはいってきてはでていった。でたりはいったりした。三本肢の犬のいる洋燈屋は、絵入りのランプを売っている。ほとんどが自家製のステンドグラスである。手さげ式の角灯もあった。だが、じっさいにそれらが売れているのはみたことがない。洋燈屋には「あ」と「あ」の妹の「た」とZがいた。「あ」とちがい、「た」には声がある。「た」には髪があった。「た」の声はあたたかくはなかった。「た」はぶっきらぼうなはなしかたをした。三本肢の犬をひろったのは「あ」である。霧がながれていた。「た」はどこかでおだやか屋を経営しているらしかった。おだやか屋とはなにか、あまりはっきりとはしていない。おだやか屋にしてもオートラオピオイドルミンをさばいていたのではないか。洋燈屋から灣までは三・五キロある。三本肢の犬は灣をみたことがない。ある霧の夜、ふっくらとした「ゑ」さんの屍体が郊外の産廃置き場にあった。屍体のそばに、すてられたおびただしい電動こけしがあった。首がきれいに切断されていた。「ゑ」さんのたたれた首と胴のあいだにヘクソカズラの花が咲いていた。花弁は白、花弁の中心は紅紫色だった。胴は寝ていた。首は霧のなかに立っていた。首がうたっていた。よくとおる、うつくしい声で。わざをなしおへてこのよをはなれかなたのみくににゆかばかがやく……。くりかえした。わざをなしおへてこのよをはなれかなたのみくににゆかばかがやく……。だれもその声を知らない。

## lxiii

ひとりの女が割れたわたしの足をあらっている。いまごろ洋燈屋のあたりは霧がとりわけふかいだろう、とわたしは足をあらわれながらおもった。洋燈屋は色とりどり、大小さまざまの絵入りランプを売っていたが、ぜんたいに青の系統のランプがおおいようにおもわれた。青はすずやかで、みようによっては冷淡であった。ガラスにキキョウをあしらった、ランプじたいがキキョウの花のかたちをしたのもあった。キキョウの絵入りランプはめだたなかった。薔薇やランのランプの群れのなかにあると、キキョウのそれはそもそも存在しないもののように色をしずめた。私は霧のなかにひっそりとよわいひかりをあげるキキョウのランプをおもった。ランプシェードのキキョウ色が霧ににじんだ。女はだまってわたしの足をあらいつづけた。霧は洋燈屋のあたりからふいてきた。わたしは冷たいイカの刺身が食いたかった。柚子《ユズ》のことをかんがえた。色やかたちや味を。柚子はなかった。

## lxiv

「た」には街から逃げる気も自殺する気もなかった。「た」は「あ」よりもまえむきで勝ち気だった。かのじょは昼間はずっと洋燈屋のシャッターをとじて、裏の工房でステンドグラスをつくったり、音楽を聴いたり、薬の調合をやったりしていた。「た」と片目の不審者「ん」は性交したことがある。「た」は「て」ともやった。「ゐ」ともした。いったりいったふりをしたりした。けれどもあまりはっきりしない。よくおぼえていない。そうしたことはもどろであり、もどろかされ、けっきょく、だれがだれとどのようにやろうと、どうということはないのだった。「た」は夕方になるとガラガラと店をあけ、すべての絵入りランプをいっせいにともした。オレンジ、赤、緑、黄、だいだい、青色のひかりがまじわって屈折し、放射され、色のついた影絵が霧の闇に泳ぎだすのだった。天井の照明は消されていたから、ランプたちはよりいっそううきたった。ひかりの暈《かさ》が店内のあちこちで交錯したりかさなったりした。犬の小川の水面がランプたちの灯をおぼろに映した。三本肢の犬には小川がながれていた。「た」はときどき、おだやか屋にいった。犬もついていった。

## lxv

洋燈屋にはきまった閉店時間がなく、ときには未明まで営業していた。営業といったって色とりどりのランプがぼうっと灯されているだけの話なのだが。この街で、しかも真夜中に絵入りランプを買いたくなるひとなどいるだろうか。どだい、わたしは洋燈屋に客がはいるのをみたことがない。女に足をあらわれながら、わたしは霧のなかにぼんやりとひかりの暈をあげる絵入りランプをおもった。店にたちよったとき、とうに零時をまわっていたのに、客らしいひとをみたことがある。客はとても貧しく憂うつそうなおばあさんだった。おばあさんは丸刈りのあたまに薄地のショールをかぶっていた。おばあさんは瘧《おこり》にかかったようにガタガタとふるえていた。おばあさんはつかい捨てられた古いちり紙だった。みにくかった。三本足の犬は吠えもうなりもせず、とても貧しく憂うつそうなおばあさんにからだをよせていき、ふるえをしずめようとして、血管のうきでた手をしきりになめた。しかし、「た」は声をおさえながらも、おばあさんをはげしく叱っていた。「ぜったいにきてはいけないとあれほどいったのに。ばかよ。まったくなってないんだから……くそばばあ」。「た」はいうだけいってから、おばあさんにすばやくそっとビニールの小袋をわたした。おばあさんの顔は点灯した絵入りランプになってかがやいて、夜中の街に消えていった。わたしは「た」にたずねた。貧しそうなおばあさんにさっきなにをわたしていたのか、と。すると「た」は「みたの?……だまっててね。だれかにいったら、ひどいことになるわよ」とあまり抑揚のない声でいった。顔がうすく笑っていた。じょうだんではないのだなと割れたわたしはおもった。しかし、「た」はわたしが告げ口などするわけがないと知っていたようだ。「た」はこともなげにいった。「あれはきもちがとってもおだやかになるのよ。凪いだ海のようにね。こころが、奇蹟みたいに完ぺきに凪いだ海原になるの。でも、だれにもいわないでね。もし告げ口したら……あなた、ひどいことになるわよ。フェヌグ、ぶっつぶすわよ。二つともブチッと」

## lxvi

霧はながれた。犬はあるいた。霧は怠惰なかんじょうであった。その奥を黒い筏がながれていた。ぶつかるとあぶない筏であった。霧は青い溶媒であり黝《あおぐろ》い溶質であった。霧は気まぐれに色をかえた。霧にはゆくえがなかった。主体が霧にはなかった。客体もなかった。霧はただどこからどこへともなくながれた。犬はふるえてあるいた。いぬはなにかをくばりあるいた。犬Zはとてもつかれていた。

## lxvii

三本肢の犬Zはベージュ色の雑種の元捨て犬で、右うしろ足がねもとからなかった。Zのひたいには茶色の毛がはえていた。眉間に小さな飛び地みたいに白い毛がはえていた。白い毛は、左右ふつりあいだが、ハートのかたちをしていた。それはマークでも象徴でも意思の表れでもなかった。それはただの偶然にすぎなかった。三本肢の犬はまったくといってよいほど自己像というものをもたなかった。自己像をもたないのはよいことでもあった。それは古い沼の無意識であった。ふかいことでもあった。あるいはZにはなにもない。みごとになにもない。なにもないことはよいことだ。Zにはたたずまいにどこかしらふかみがあった。なにもないからだ。Zの目は孤愁をたたえていた。Zの目はなにかをたたえていた。孤愁かどうかはわからない。

## lxviii

霧がずっとふりつづいていた。霧はやみそうもなかった。霧は窓のすきまからこの居間にもはいりこんできているようだった。霧はラピスラズリの色になったり水あさぎ色になったりした。おなじ色がくりかえされることはなかった。霧はたえず色をかえた。三本肢の犬がこの霧のなかをあるいている。そんな気配があった。霧にはつなぎめがなかった。霧には継起がなかった。継起は霧に消された。犬はあるいた。わたしのなかの夜を犬があるいていた。それははじまっていた。わたしは床にひざまずいた。イカ刺しをおもった。生わさびをイメージした。数秒だけだ。

## lxix

坂の街ではかつてスケートボードがはやった。三本肢の犬はスケートボードをとてもおそれていた。三本肢の犬にとってスケートボードはもっともあきらかな敵だった。かれはスケートボードを、地面をよこざまにものすごいいきおいで襲ってくる刃とかんじていた。あれほど理不尽なものはなかった。かれにとって、ふかいことはごく単純なかたちをしていた。しかし、単純なかたちはいつもふかくはなかった。三本肢の犬Zはスケートボードをしばらくみていなかった。スケートボードはもうなくなっていた。Zはそれを知らなかった。スケートボードがまだあるとおもっていた。とおくの闇で犬が殺されている。と、三本肢の犬Zはかんじた。スケートボードよりも怖いもの。ふるえた。犬はほとんどいなくなっていたが、犬殺しはまだいた。やせこけた黒いメスのラブラドルレトリーバーが一匹、犬殺したちの影にかこまれていた。とび口や金属バットやゴルフのクラブでうちすえられていた。ドスドスドス。ガッガッガッ。ドスドスドス。ガッガッガッ。とび口は眉間にくいこんだ。マッスルのアイアンヘッドは両目をたたきつぶした。影が言った。「うん、打感がいい……」。金属バットは背骨をくだいた。黒ラブは口をひらけるだけひらいたが、ひと声もさけぶことはできなかった。黒ラブはさいしょ、犬殺したちに、まさか殺されるとも知らずに、さかんに尻尾をふってちかよったのだった。飼い主は黒ラブをおきざりにして霧の街から逃げていた。犬殺したちは「よしよし……」といいつつ、わらいながら黒ラブをたたきのめした。影たちは虫の息の黒ラブをたたきつづけ、息絶えてもなお原形をとどめぬようになるまで、こなごなにくだきつくした。あはあはとわらいながら。三本肢の犬Zはそれらすべてのうごきを霧のむこうにかんじた。なぜ、とはおもわなかった。ただふるえた。霧の奥へ奥へとふるえてあるいた。

## lxx

わたしはだまって女の足をあらっていた。「ゑ」さんの屍体は霧にとけていった。首がまだなにかうたっていた。わたしは女の足をあらっていた。とろとろとあらっていた。霧の夜であった。しずかだった。床にひざまずいて女の足をあらっていた。

わたしの足が女によってあらわれることと、わたしが女の足をあらうことには、とくに大きなちがいはない。霧はたえずながれていた。この霧のなかではじゅうようなことなどなにもなかった。いくつかのことがらのなかでこれだけは大切というかんがえかたも霧によりながされていた。とてもじゅうようなことなどなにもなかった。霧のなかでは区別ということがうせていた。無垢と汚濁とか希望と断念とか過去とげんざいとかが、きれぎれにかんけいをたたれて、霧とともにただゆっくりと宙をながれていった。このふかい霧のなかでは、とくべつにじゅうようなことなどなにもなかった。区別や配列や準則が、霧状の無意味となってながれ宙をまわった。女はソファにすわってわたしをみおろしていた。わたしは女の左足からあらいはじめた。足はとても白かった。霧がながれていた。女は無言だった。息づかいも聞こえなかった。わたしも無言であった。女の左足はわたしのてぢかにあった。霧のなかに白い足がぬれた陶磁になってうかんでいた。左足はさいしょ、ずいぶんかたかった。わたしは両手でかるく、ゆっくりと左足をさすった。甲、指、土ふまず、足首、ふくらはぎを、圧迫するのではなく、ぬるま湯のなかで、あらうというよりは、そっとなでてさすった。すこし水音がした。左足はうごかなかった。女はわたしをみおろしていたのかもしれない。

わたしは顔をあげなかった。わたしは声を発しなかった。足をあらわれる女と足をあらうわたしを、だれかがみていた。わたしたちはみられていた。そんな気がした。みたいものはみればよいのだ。殺されてもよい。もうどうといふことはなひ。

## lxxi

わたしの手は女の足にさわっていた。巨きなトビエイがときおり居間の窓をかすめてとんでいった。エイが舞いとぶそのしたを、三本肢の犬が青い霧をすい、青い霧をはきながら、ひとりでよろよろとあるいていた。わたしは女の白い左足をなでさすり、あらいつづけた。わたしはおちついていた。こころがしずかだった。女の左足はじきにやわらかくなった。女の左足はもう安心していた。そのことをわたしの手はよろこんでいた。これでいいのだ。わたしは女の足をあらいつづけた。指もあらった。足指たちはときどきわたしの手指をはさんだ。足指たちは霧のなかでわたしの手とあそんだ。とおくで水音がした。霧のむこうからきれぎれにピアノの音がながれてきた。三本肢の犬がたちどまった。閉店したファミレスのかどで。駐車場に顔をごそっとえぐられた男があおむいていた。えぐられた鉢状の闇に、青い霧がたまっていた。屍体はコリアンかもしれなかった。そうでないかもしれなかった。恐怖党も新恐怖党もコリアンをきらっていた。などてか、はっきりしなかった。

## lxxii

三本肢の犬がこの霧のなかをあるいている。そんな気配があった。三本肢の犬はいつみてもさびしげだった。犬は蕭殺たる枯れ野だった。しかし、そこはかとないなつかしさもただよわせていた。三本肢の犬のなにがなつかしいのか、どうもよくわからなかった。けっきょく、みるがわのかってなのだ。かれはしばしば意味でも無意味でもない、そうかといって反意味でもない、その三つのすきまにくぐもる、半意味になってわたしの脳りをかすめていく。それは透過性の犬の形象である。三本肢の犬の想像は透きとおっていた。三本肢の犬が霧のなかをあるいている。三本足の犬の耳は大きな茶色の三角形で、右耳だけがまんなかからハンカチのように折れていた。三本足の犬はZ《ズィー》だった。Zには肢を欠損しているという自己像がなかった。Zはじぶんの毛皮とまったくおなじ毛皮のベストをつけてあるいていた。Zはベストを着ている犬とはみられなかった。ベストの内ポケットにはオートラオピオイドルミンがはいっていた。オートラオピオイドルミンはきもちのよくなる薬だった。とてもきもちのよくなる薬だった。きもちよく死ぬことができた。痛みはまったくなかった。Zはよくうしろをふりかえった。霧はふりやまなかった。犬はときどきふるえた。

## lxxiii

わたしはひざまずいて女「あ」の足をあらいつづけた。女はやすらいでいた。かすかに水音がした。女には声がなかった。女の足はわたしにしずかにあらわれつづけた。霧はながれつづけた。霧は女の足からもさわさわとわいていた。青くひかる霧だった。拇指と第二趾のあいだから青い霧はとほろとほろとわいていた。足は部位であったが部位ではなかった。女はあらわれる者であった。わたしはあらう者であった。わたしは自己像をもとうとした。女はかたる者ではなかった。わたしもいま、かたる男ではなかった。わたしは女のこむらをあらった。こむらは部位であったが部位ではなかった。こむらはやわらかな奥であった。こむらは霧にかすんだ。こむらはなにもかんがえていない。わたしはなにもかんがえていない。こむらはわたしの手にもみしだかれた。霧はなにもかもほどきつづけた。わたひはひざまずいて女の足をあらいつづけた。とおくからピアノの音が聞こえた。気がついたとき、女は消えていた。霧がわきつづけていた。わたしはコーヒーがのみたかった。コーヒーはもうなかった。「は」が「ん」に殺された。ボロボロのからだの「ん」に。ごくかんたんに。シデムシはたからなかった。「は」はすぐに霧にとけた。骨ものこらなかった。「は」はさいしょからなかりたのかもしれなかった。

## lxxiv

女「あ」が霧のなかをあるいていた。三本肢の犬Z《ズィー》がいつのまにかよりそってあるいていた。「あ」はあるきながら口をうごかしていた。ものをたべているのではない。口は青い霧のなかでひらかれたり、すぼめられたりした。「あ」はなにか発声しようとしたが、すこしも発声されてはいなかった。声はそとにだされるのではなく、ほとんどじぶんの肺にすわれていたからだ。「あ」は失声者だった。かのじょは声をだすのではなく、ただすうことしかできなかった。霧のなかでそのときすわれた声は、唇のうごきからすると、どうやら「は・こ・や・な・ぎ……」といっているらしかった。ハコヤナギ。しかし、「あ」がハコヤナギという声にどんな意図やかんじょうをこめていたのか、なにもこめていなかったのかどうか、それはわからない。ハコヤナギは、すべての意味と存在から分離されて、その音だけでこの霧の夜、女の肺にすわれたのかもしれない。たしかなことは、「あ」がそのとき声にしようとして失敗したのが、ハコヤナギであり、たとえば「イヌサフラン」など他の声ではなかったことだ。ハコヤナギはハコヤナギでなければならなかった。ハコヤナギという声が青い霧のなかで「あ」の肺にすわれたとき、犬Zは「あ」の顔をみあげた。「あ」はゆっくりとZをみおろした。Zの目が霧のなかでこはく色にかがやいた。三本肢の犬Zがオートラオピオイドルミンをくばりつづけていた。女「あ」の足はすでにわたしの手によってあらわれていた。「あ」はあらわれた足で霧のなかをZとともにあるいた。青い霧が街をおおっていた。ハコヤナギは、未生の声として、女の胸にしずんだ。それはもうはじまっていた。おわってもいた。

## lxxv

ひとびとと動物たちは、霧のなか、さまざまないきさつをすてて、スーパー銭湯パラダイスパにあつまった。すなっく「ほ」のママ「な」がしっかりと根まわしをしたのだった。集合写真を撮るには、けっきょく、パラダイスパしかなかろう、ということになったのだった。男女をわけるしきりがとられていた。不審者「ん」がきた。骨と皮にやせた力士たちがきた。「ゐ」がきた。「ゐ」はわたしでもありえた。「ゐ」の父もきた。「ゐ」の父の孫にして「ゐ」の息子である「む」もきた。トビエイがはたはたとんできた。すばらしい夜である。アカエイが霧をおよいでやってきた。アメフラシがはってきた。ウズムシウミウシがアメフラシについてきた。エンペラーがきた。エンバーマー「し」がきて、エンペをハグした。「あ」がきた。「て」がきた。「な」も、もちろんきた。三本肢の犬Zがきた。ツチブタ母子がきた。アジアゾウがのしのしやってきた。コビトカバがきた。イボイノシシがやってきた。樹木ドロボウたちとそのリーダー「ぬ」も参加した。熱帯魚店レインボーアクアリストの主人

「さ」とかれの妻子も出席した。老女「や」もきた。「た」もきた。タマを抜かれて殺されたた「は」も、タマなしでやってきた。スズキ目キノボリウオ亜目オスフロネムス科ベタ属ベタが十三尾、オオテンハナゴイも五尾参加した。映画館で死んだとても貧乏なおばあさんもきた。全員がパラダイスパの大浴槽にはいった。ザトウクジラは欠席した。霧と湯気のために、だれがだれやらわからなくなった。すべてがぬるぬるとした。「け」が脚立をたてた。「け」はこうふんして息がはずんでいた。「け」が脚立にのりカメラをかまえて大声でさけんだ。「セイ・チーズ!」。みんなが「チーズ!」とさけんだ。集合写真はこうして撮られた。三日後、すなっく「ほ」のママ「な」が死んだ。「な」は前日、「て」と「ん」にいった。遺言というわけではない。えんそかわにのめどもはらをみたすにすぎず、なんて信じちゃおしまいよ……。「な」はオートラオピオイドルミンをのんで、しあわせに死んだ。

## lxxvi

三本肢の犬は洋燈屋のうらの工房にもどった。犬はつかれきっていた。かれはむせるほど犬のにおいをはっしていた。ベストの二つのポケットのうちひとつはからになっていた。「た」は犬Zのぬれたからだからベストをはずし、タオルでやさしくからだじゅうをぬぐった。それから、温みをちょっとだけくわえた缶詰の野菜スープをあたえた。缶詰はみな広州製で、賞味期限がきれていた。ストックの缶詰はもうのこりすくなかった。「た」は煮くずれた野菜スープのタマネギをできるだけとりのぞいた。塩分は湯を足してうすめた。ニンジンはそのままにした。キャベツもそのままにした。白菜もそのままにした。野菜スープにはベーコンもすこしはいっていた。三本肢の犬はペチャペチャと音をたてて野菜スープをたべた。すこしばかりのベーコンを嚙まずにのみこんだ。「た」はしゃがんでそれをみまもった。「た」は目を細めてZをながめた。「た」は、ベストのポケットにはいっているお金をかぞえるまえにZの世話をしていることを、ことさらに意識していた。お金はまだ有効だった。ベストのポケットにはいっているお金をかぞえるまえにZの世話をすることは、「た」にとってまもらなければならないモラルであった。「た」にとって、ベストのポケットにはいっているお金をかぞえるのは、Zの世話のあとにすべきことであった。Zが野菜スープを食べているあいだ、「た」はお金にまったくかんしんがないふりをすることができた。

「た」にはくずしてはならない自己像があった。「た」の目は、ハタンキョウそのものの、赤い目になることがあった。「た」はそれに気づいていなかった。「た」には「た」の自己像があった。三本肢の犬には自己像がなかった。三本足の犬には自己像がなかったから自己像を修正するひつようもなかった。「た」は自己像があったのに、それをあまり修正することはなかった。三本肢の犬のなかには、悲しみが雲になってうかんでた。犬はひどくつかれていた。ずいぶんやせた。Zはねむりたかった。

## lxxvii

犬Zはねむった。モグラのぬいぐるみを胸にだいてねむった。モグラのぬいぐるみにはもうまったくかたちがなかった。かたちのないぬいぐるみをだいて、犬はときどきふるえて、ねむった。「た」もねむった。「た」もときどきふるえた。「あ」は洋燈屋の灯をけした。シャッターをしめた。シャッターはがらがらと音がした。霧がこくなった。「あ」はなかなかねつけなかったが、しまいにはねむった。犬のねむりはとてもあさかった。三本肢の犬がわたしの夢をあるいた。犬Zは「あ」の夢をかすめ

「た」の夢をすぎていった。霧はやまなかった。犬Zはいくつかの夢をわたっていった。Zは透明だった。霧はいつまでもながれていた。霧は青みをなくし白んでいった。いく人かがオートラオピオイドルミンをのんだ。いくにんかがしあわせなきもちになって死んだ。「て」はまだ死んでいなかった。霧ははれなかった。

## lxxviii

けふ、AGM-139 ACMが空中発射された。「ふ」と参謀役のマスクチンパンジーがとんきょうな声をはっしてよろこんだ。それは「ならずもの国家への挨拶状」といわれ、みなその意味をわかったふりをしていたが、だれもよくわかってはいなかった。ならずもの国家いがいの国家などなかったのだ。AGM-139 ACMはだれにもみられはしなかった。だれにも聞かれはしなかった。おおいにばかげていた。それはまるで偉大な観念の外化のように幻想された。それは発射された。しかし、AGM-139 ACMとDSM-IV-TRの区別さえだれも知らなかった。A00–B99とF00–F99のちがいもどうようである。R-29RMU(SS-N-23)も発射されたらしい。霧がながれた。各人のフェネグはしけった。へぬごへねごへぬご ふぇねごふぇねぐ……とねばついた。ヘクソカズラはにおった。犬はあるいた。ここからあちらへ、いまからつぎへと移ろうつなぎ目を、霧は、青くたちこめてほぐし、乳色にたちのぼっては消してしまうのであった。すべてのつなぎ目は霧のなかにうせた。霧はなにか法外なことをかんがえていた。霧はまた、まったくなにもかんがえていなかった。それはしきりにくゆっていた。霧には全景がなかった。霧は全景をかんがえられてもいなかった。霧はただ、いつかはやむものとおもわれていた。きっといつかはやみ、たちこめつづけたことなどなかったかのように、どうせわすれられるであろうと、いままでとおなじようにたかをくられていた。しかし、霧はふりやまなかった。霧はわたしのなかにふった。犬のなかにもたちこめた。犬のなかの小川にも霧がながれた。犬は観念を外化したりしなかった。犬のなかの小川に霧がさらさらとながれた。

## lxxix

数日前、イチゴがあるらしいといううわさを聞いた。そうしたら、イカ刺しをわすれ、人を殺してでもイチゴを食べたくなった。わたひは霧のなかをイチゴをさがして街をあるいた。もうそんなにながくはないとわたすぃはおもった。街には人影がごくまばらだった。街のひとはたいはんが丸刈りだった。霧のなかに丸刈りのあたまがうごいていた。丸刈りは強制されているのではない。丸刈りはなんとはなしにふえていったのだ。街ゆく人たちは目のひかりがよわよわしく、そのおおくはてれわらいにに た表情をうかべていた。このごにおよんではこれまでどおりのじかんがつづくともおもわれず、さりとて破局もにわかにはしんじられずに、かれらは目をなんどもしばたたき、いつもの風景を、ものめずらしげにみた。丸刈りの者たちは、他の丸刈りをみて安堵した。わたしはイチゴがたべたかった。イチゴをたべたいきもちはわたしのなかでつのりにつのった。うわさではイチゴはひどく高価だった。わたしは胸がドキドキした。洋燈屋のまえをとおった。シャッターがしまっていた。バスどおりをへだてたむかいがわに営業停止中の信用金庫の駐車場があった。車が三台とまっていた。二台にはひとがいない。もう一台に丸刈りの男二人がのってた。二人はフロントガラスごしに洋燈屋のようすをじっとうかがっていた。かれらは双眼鏡と望遠レンズをつけたカメラをもっていた。白い霧がさわさわとふっていた。霧は白い乳の漿のように宙でほぐれた。閉院した眼科医院のまえもとおりすぎ、わたしは駅うらの闇店舗にむかった。駅前広場をあるいている「た」をみかけた。「た」は三本肢の犬といっしょだった。わたしは「た」に目礼した。「た」もかるく目礼をかえした。かすかにわらった。わろた。犬がわたしの目をみた。犬の目とわたしの目のあいだを白い霧がながれていった。わたしは闇店舗でイチゴをさがした。イチゴはとても高価だったが、グミのように小さかった。わたしは高価なイチゴを買うことの罪の意識とたたかった。わたしは耳なりがしてくるほど興奮した。とても赤いイチゴだった。霧がふかかった。イチゴはよそうしたよりもあまかった。

## lxxx

三本肢の犬は白い霧のなかをなみあしであるいていた。「あ」もいっしょにあるいていた。三本肢の犬は、左まえ肢——(右うしろ肢)——右まえ肢——左うしろ肢のじゅんに歩をすすめた。左まえ、右うしろ、右まえ、左うしろ……。くりだすべき右うしろ肢はなかったから、意識が右うしろ肢として、まえにくりだされた。意識が右うしろ肢としてまえにくりだされるとき、犬はいちいち右がわによろけた。右うしろ肢は存在しない部位だったが、存在しつづける意識であった。犬はそれでも「あ」と歩調があった。三本肢の犬はだれよりも「あ」と歩調があった。霧のなかではとくに歩調がそろった。犬は「あ」がすきだった。「あ」には声がなかった。かのじょはときどき声のない声で三本肢の犬に声をかけた。Zにはそれが聞こえた。ない声が聞こえた。「あ」は灣にいったことがあった。ものすごい水柱をみたことがあった。

## lxxxi

わたしはひとりでイチゴを食べながら夜をまった。イチゴは白い霧の宙の血豆になってうかんだ。わたしは声をおもった。白い霧はときとともにすこしずつ色をおびていった。わたしは他の声をおもった。他の声は、すでにはじまってしまった。霧の奥の他の声をおもった。わたしはいちごを五つのこしておいた。窓がいつのまにか色ガラスとなり、うすい青磁色にかわっていた。霧がさわさわとふっていた。霧はじょじょに水アメ色になっていった。カメラをもった女「け」が「て」につかまった。からだじゅうに刺青を彫られた。羽彫りされ、突き彫りされ、隠し彫りされた。酸化鉄をいれられた。黒色火薬もいれられた。「け」のからだは霧の産廃置き場で火をつけられ、爆発した。「け」は仕掛け花火になった。

## lxxxii

霧がたちこめていた。霧はあるときにはみだりがわしくふった。犬の小川はふくらんでいった。霧はうすい抹茶色をしてながれた。霧はどこまでも無へんざいの半透明膜だった。霧は、それまでどおり、どちらかといえば楽観視されていた。霧は、霧であるがゆえに、あまり悲観されたことはなく、このたびも悲観されはしなかった。霧はすくなからぬ人びとに内心気にされてはいたのだが、公然とかたられることはほとんどなかった。霧は日常だった。「ふ」もまた日常であった。日常は霧であった。霧はやむいがいには帰結がないとおもわれていた。とことわに霧がやまないという帰結を想像する者はだれもいなかった。ことばはこわれていた。ことばは内部からこわれていた。意味はほとんど無意味だった。日常はすこしずつ着実に、まるでなにもかわらないもののふりをして、かわった。霧と「ふ」は、まったく侵さないもののふりをして、しずかに侵した。灣《いりえ》はこい抹茶の色をして兆していた。松林で小鳥がうす緑色のたまごを産んだ。たまごは霧のなかで産まれた。海は霧でみえない。灣と海を境《さか》うものはもうせていた。灣にも街にも霧がわいていた。街の霧を犬があるいていた。霧のほのあかりのなかを、三本肢のやせた犬Zがあるいていた。Zはどうどうめぐりのようにあるいた。Zは薬をくばっていた。わたしは三本肢の犬をおもった。そのとき、インターフォンがなった。わたしはモニター画面をのぞいた。カメラに顔を近づけすぎているためだろう、来訪者の目鼻がぼわんとふくらんでみえる。来訪者はクルリとまわれ右をしてカメラにむかって丸刈りの後頭部をみせた。おどけてみせた。目をこらすと、つむじが右まきだった。「た」だった。「た」ではなかろうか。「た」も髪を刈ってしまったのか。わたしは解錠しかけた。「た」が「た」かどうかほんとうは自信がなかりた。

## lxxxiii

わたしは三本肢の犬をおもった。犬Zは霧のなかをどうどうめぐりのようにあるいた。そこここに、おもいでのバリケードがあった。バリケードはもうなんの役にもたっていなかった。Zは、世界という像をもたなかった。三本肢の犬はそもそも世界を想定しなかった。世界という統一的な像などもともと存在しないとすれば、犬Zは世界というがいねんをもたされた者たちより、より正しい。犬はピンク色の舌をつけねまでだして、霧のなかをどうどうめぐりのようにあるいていた。犬Zはものごとの根《こん》蔕《たい》ということをかたったことはない。その犬は、けれども、かたらないだけでかんじてはいたかもしれない。あるいは、ものごとに根蔕などないことを知っていたかもしれない。またインターフォンがなった。わたしは無意識に解錠した。

## lxxxiv

何日目だろうか。なにが何日目なのだろう。いつから何日目だろうか。それがなんだらう。霧がながれていた。女は口をきかなかった。女はあらかじめきめられていたかのように床にうずくまり、無言でわたしの足をあらいはじめた。わたしの足はあらわれていた。足がひとりの女にあらわれていた。割れはてたわたしゅのものであるはずの足は霧のなかにうかんでいた。わたしの足は、あたかもわたしひではない他の足として霧に生えていた。女はうつむいてわたしの足をあらっていた。とてもしずかだった。わたしはなにもこまらなかった。霧はライムグリーンになっていた。うわたしは足をあらわれることを予感していた。わたしたちはまだ発声していない。発声したいとねがっていない。気づまりでもない。女の手がわたしの右の足首にある。足首がにぎられている。両手でにぎられている。足首はつよくにぎられたり、やわらかくにぎられたりする。足首は手でしぼられるように、こすられる。女は「た」ではなく「あ」かもしれない。つむじはどうしたのだ。女の手のひらがなにかかたっている。たぶん、たあいもないことだ。手がアキレス腱をつまんでいる。アキレス腱をもんでいる。じぶんがされたいことを、女は他にしているのではないか。わたしはそうおもった。じぶんがされたくないことを、女は他にしていないのではないか。わたしは霧のなかでそうかんじた。女は声をうしなったのではなくて、声をかけられたくないから、発声しないのだろうか。足をあらわれながら、わたしはいぶかった。わたしにはよくわからなかった。ただ、はなさない女は、よくはなす者よりいくぶんまっとうにみえた。わたしはおもった。まったくはなさないということは、たくさんはなすということにくらべて、なにがどうちがうのだろうか。あるいはこう仮定して、ミントグリーンにかわりつつあった霧に、ことばをうかべてみる。「サンペコ！　ポヴチ！ヘヌゴガトッテモイズイノヨ……」。あまりにも下品ではないか。沈黙の狂気……狂気の沈黙……おしゃべりの狂気……狂気の饒舌……犬の沈黙……灣《いりえ》の狂気……苔《こけ》の沈黙。うす緑色の霧がたちこめていた。霧はうなり声として涌出《ようしゅつ》していた。霧はときおりその奥からおぼろにひかった。それはもうはじまっていた。声がながれている。うわたすぃ、つみをそこにつけすぃいまはいかでつみにとわれん……。うわたすぃ……うわたすぃ……うわたすぃ……。

## lxxxv

こんど生まれかわったら、なにもはなせない者になろう。なにもはなせないフルーティストでもよい。よもやこうふんして吹くことはあるまい。よもやかんどうして演奏することはあるまい。どこかの小屋でしずかに吹くのだ。ねむたくなるほどしずかに。はでなタンギングなんかしちゃいけない。でも、なにも生まれかわらなくてもよひ。わたちは青白い女の足をあらっていた。女には声がなかった。あったってよい。なくてもよい。うわたすぃはすぃずかに吹くのだ。すぃずかにすぃずかに。霧になる。わたひはミントグリーンの霧の夜になかばとけて女の足をあらっていた。夢のさめぎわにそれはにていた。女の足はわたしの霧であらわれていた。足はやすらいでいた。霧は白い足を宙ににょきっと生やしていた。声はなかった。水音がすこしあった。わたしは悲しくはなかった。しょせんはこんなものだろう、と女の足をあらいながらおもった。しょせんはこんなものだろう、とわたしは霧の夜を概括したのではなかった。万象はあらゆる概括に反する、とわたしはおもっていた。三本肢の犬Zは霧を概括したりしない。足をあらいはじめるまえ、わたしは女の唇にイチゴをひとつそっとおしあてた。女は唇をかるくひらき、イチゴをひとつすうようにしてから、くわえた。くわえたまま嚙もうとはしない。イチゴは半分、ミントグリーンの夜に露出した。そうして、わたしはひざまずき、女の足をあらっていた。わたしはおちついていた。男「ゐ」は女の足の親指を右手でにぎり、かるくおしあげ、おしさげ、ひっぱったりした。つちふまずと甲に手をあてがい、まんなかからおりまげる動作もくりかえした。

そら耳。「ものみなぶたいよ。ひとみなやくしゃよ……」。副院長の声が聞こえる。わたしは伏せた顔をあげなかった。わたしはおんなの足をあらい、もみつづけた。わたしは足の甲の高いところを両手の親指でつよめになぞり、さらには、くるぶしのほうにおしあげるようにもみながら、あらった。男は女の足指のすべてのまたに、男の手指をじゅんぐりにすべりこませ、足指が手指をはさみこんで捕捉しようとしたりするそのせつなに、手指をつるりと脱出させたりした。イチゴをくわえた女はわたしに足をもまれ、あらわれた。わたしは女の足をあらっていた。イチゴをくわえた女が、イチゴをすするかすかな音が、わたしの頭上にあった。イチゴと女の唇のすきまを空気がこすった。それは声ではなく、音であった。声にそれはにていた。「スゥシュ……」とそれは聞こえた。「スゥシュ……」は、ことばではなかった。

## lxxxvi

はるかな海峡に霧がながれていた。三本肢の犬Zがあるいていた。バリケードはぬれていた。やぶかれた古い日めくりもぬれていた。やぶかれた古い日めくりには格言が印刷されてあり、霧に消えかかっていた。「世論はつねに私刑である。私刑はつねに娯楽である。メスブタと罵れ！」。ひとのいない街の底から、とつぜん、サンバカーニバルがわいた。一気ににぎやかになる。パンデイロが鳴る。スルドがうち鳴らされる。クイーカも叩かれ、アゴゴがかんだかく澄んだ音をあげる。サンバホイッスルが霧をふきとばす。ドドドン・ピーピーピー・ドドドン・ピーピーピー。ターラーラーラーララーラーラ・ターラーラーラーララーラーラーラ・ターラーラーラーララララー・ラーラ・ラーラーラーラーラララー・サンバ・デジャネイロ・サンバ！　ひとであってひとでないものたち。の列。ひとでなくひとでもあるものたち。の、のたうち。霧のサンバカーニバル。ラメのグラデーション。闇の金属光沢。サンバ・デジャネイロ・サンバ！　霧をとび舞うクジャクの羽。ひかる下腹。銀色の乳房。剽悍《ひょうかん》な尻たち。緑がかったスキャンティの金色。青びかり。黒びかり。油びかり。交差するたくさんの線スペクトル。たかわらいするヴァギナ。ヴィラヴィララ、ヴァギナ、パクパク、ヴァギナ、ヴィラヴィララ、えーっサンバ、あっサンバ、うーっサンバ、ターラーラーラーララーラーラ……。訪問整体師「ゐ」さんの首が行列の先頭だ。首がうたっている。銀ラメのスパッツで、はげしくおどっているのは「ゐ」の母ではないか。死者「き」が金のふちどりの経衣《きょうえ》の裾をふりみだし亡霊サンバを舞っている。いじわるなコビトたちとやさしいコビトたちの群れがつきしたがう。はやしたてる。えーっサンバ、あっサンバ、うーっサンバ。ほれ、ヴァリアント、たらら、ヴァリアント。猫背の小男エンペがどぜうすくいをしている。一行は駅前ロータリーでひとしきり渦をまいてから、理容タカウチの角をまがり、無人の暗くさびしい住宅街にくりだす。黄《よ》泉《み》路《じ》をゆく。「ゐ」の父もホイッスルをふきながら阿波踊りをおどっている。ドドン・ピーピーピー・ドドドン・ピーピーピー。ターラーラーラララーラーラ・ターラーラーラーララーラーラーラーラーラ・ターラーラーララララーラーラ・ラーラーラーラーララララー・サンバ・デジャネイロ・サンバ！　うーっサンバ！　聞こえる。聞こえる。はじまっている。それは、もうはじまっていた。わたしはひざまずいて女の足をあらっていた。こころしずやかにあらっていた。サンバカーニバルのさわぎが徐々にとおざかる。汗がとおのく。腋臭が霧にうすれる。整髪料のにおいが消えてゆく。三本肢の犬がうしろをふりかえった。ゆっくりとふりかえった。霧にぬれた犬の毛がにおった。わたしはすこしむせた。わたしはそのにおいがすきだった。そのにおいにわたしはなごんだ。わたしはおちついていた。霧がオーロラのふとい帯になりうねった。女はわたしの頭上でイチゴをたべていた。歯をたてたべていた。わたしはひざまずいて女の足をあらった。わたしは伏せた顔をあげなかった。イチゴを嚙みくだく音をわたしは聞いた。それは耳をつんざくような大音量だった。それはみえなかったが、もうはじまっていた。「ふ」と一頭の口のまがったエイプがさもうれしそうにわらっていた。「ふ」もサルも、割れていなかった。

## lxxxvii

女「あ」は、ゆかにひざまずいた割れた男「ゐ」にはらわたをあらわれていた。女はソファにすわり、わたしに肝をまるごとあずけている。霧の夜であった。それはすでにはじまっていた。生き肝をあらわれながら、女はイチゴを食べていた。女ははらわたをあらう男をみていない。女はイチゴを食べながら窓のそとをみていた。霧にぬれて犬があるいていた。三本肢の犬だった。犬はじぶんとおなじ毛皮のベストをきていた。ベストの内ポケットにはいく袋かのオートラオピオイドルミンがはいっていた。三本肢の犬はオートラオピオイドルミンをはこんでいた。三本肢の犬は、左まえ肢、右まえ肢、左うしろ肢、左まえ肢、右まえ肢、左うしろ肢……のじゅんに歩をすすめた。ない右うしろ肢は、いつも左まえ肢のつぎの無意識にささえられて、霧の夜をなみあしですすんだ。犬はときどきよろけた。犬はときどきうしろをふりかえった。犬のうしろにはジェードグリーンの霧がせまっていた。声が聞こえた。霧は悪意でも善意でもなかりた。「ブカントウホクトウフウリョクイチクモリジュウヘクトパスカルニジュウキュウド……アモイデハナンセイノカゼフウリョクイチハレエーゼロキュウヘクトパスカルサンジュウサンド……」。生き肝をあらわれながら女はいつの日かの厦門《アモイ》をおもった。厦門の霧をおもった。女は、それがはじまるだいぶまえに、厦門に旅した。厦門は霧であった。あたしにはあのころ声があった——と女はおもった。霧の厦門で、女は三本肢の犬をみた。海にちかい路地だった。煤煙のにおいと磯くささが霧の路地をめぐっていた。とても貧しいおばあさんが路地にしゃがんでハマグリを売っていた。犬はふりむいて霧のなかから女をじっとみた。三本肢の犬の目は、ふかい霧の奥で、こはく色にかがやいた。犬はながい舌をだしていた。女「あ」はあるいた。霧にかすむ小さな港があった。犬がよろけながらついてきた。無意識の海がどこまでもひろがっていた。女と犬は桟橋にならんで霧の海をみた。それがはじまるだいぶまえであった。あたしにはあのころ声があったのかしら――と女「あ」はおもった。女は霧のなかで足をあらってもらっていた。パカーンと割れたわたしは、女の足をあらい、ついで生き肝をあらっていた。女が嚙みくだいたイチゴを嚥下《えんげ》した。ゴボ。沼の底の音がした。イチゴはもうひとつのこっていた。霧のはるか上空をなにかとても巨きなものが群れをなしてとんでいった。トビエイではなかった。ステルス製のトビエイだった。それはだれにもみられはしなかった。だれにも聞かれはしなかった。わたしたちは霧のなかでおちついていた。わたしはわたしのなかの犬だった。

## lxxxviii

犬があるいていた。わたしのなかの霧を三本肢の犬Z《ズィー》があるいていた。霧のなかには暗くながい隧道《すいどう》があった。隧道ではよそよりもたくさんのイトミミズがよわく赤く発光していた。Zはきれぎれの記憶をもちあるいていた。記憶は、Zとわたしのからだの隧道の、ひとつひとつのかすかな幽光だった。記憶はことばではなく、頭蓋と隧道の暗がりに、つかのま灯っては、すぐによわよわしく消えていく微光であった。Zは霧のなかの暗くながい隧道をあるいた。ツチブタは死んだ。ツチブタの死の闇とともに犬は隧道をあるいた。闇にはツチブタの胃液のにおいがあった。Zはふるえた。そして、火事の記憶が隧道のなかでいっしゅんだけよみがえった。青い霧の野原の、霧の奥の草地に燃えあがる赤い炎。まだ生きている草と霧とをこがす、ただごとではない火のにおい。もうすこしで気づきそうな、でも気づくことのできない、霧の奥の、まるで霧の煙。不可思議な同化。むなさわぎ。Zはあるいた。Zはそのつどわすれた。革の手袋が、左手だけ、闇をにぎって隧道の道ばたにおちていた。Zは鼻をよせた。革の手袋はどこかたけだけしく、あさましいにおいをかわらずにたもっていた。ややあって、犬Zは鼻を手袋からそむけた。Zはいぜんにもまったくおなじことをしたことがある。手袋はそれがはじまるまえからおちていたものだった。咬んでみたいしょうどうがZにはあった。意識は消えかかった熾《お》き火。意識がいっしゅんゆらめいた。しかしZはけっきょく、前回とおなじく手袋を咬みはしなかった。犬Zは倦いていた。つかれていた。Zは前回とおなじように革の手袋を咬むすんぜんで咬むのを断念し、手袋をわすれた。Zはまたいつかわすれられた片手袋のにおいをかぎ、咬もうとして咬むのをけっきょく断念するだろう。霧は片手袋のにおいをさらにあらうだろう。

## lxxxix

わたしは夜ふけにひざまずいて女のはらわたを両手でもみあらいしていた。はらわたはあまりにながい。はらわたをえりまきにしてみたりする。三本肢の犬が霧のなかをあるいていた。犬はつかれきっていた。女が、腹から肝をむきだしたまま、白い片脚をやおらひきあげて、わたしの肩をおもいきり蹴った。ひどい！　だが、それを予感していないわけではなかった。わたしはうしろにゆらぎ、片手にはらわたをつかんだまま女の足にとりすがった。すがりついてからだをささえようとした。そうしたら、またさっきより乱暴に蹴られた。痛くて、ひーっと声がでてしまった。でも、じつはそんなにひどいとはおもわなかった。ただ、そのときはつかまるものとてなかったのである。「ゐ」は手にしていたはらわたを夢中でたぐりよせた。けんめいにたぐりよせているうちに、こんどは額を、カウンターぎみに、かかとでおもいきり蹴られ、さすがにいっしゅん気をうしないかけ、うしろにたおれた。ブルンとはらわたがよりもどすにぶい音がした。女の肝にまみれ、腕や首がはらわたにからまった。はらわたから湯気がたっていた。しかたがないのだ。いったい、どれがだれのはらわたなのか。わからなくなってあわてた。いまさらあわてたってしかたがないのに、あわてたふりをした。てさぐりした。なにかにおいがした。なんだろう。ああ、これはカラタネオガタマだ。すこしバナナの香りににていた。むかし、どこかでかいだことがある。どこだったか。おもいだせない。こうなってしまったのだ。だれかわからない女のはらわたにからまり、カラタネオガタマのにおいにまみれているのだ。やっとのことで上体をおこした。そして気をとりなおし、また女のはらわたをあらった。生き肝を。なにごともなかったかのように。じっさいなにごともないのだ。犬Zが霧のなかをあるいていた。幹線道路を自走榴弾砲がはしっていく。またはしっていく。またはしっていく。広域防空地対空ミサイルシステムMIIM-114をつんだ無蓋貨車が霧の闇をふみしだいて移動している。貨車に轢かれたアカヒトデが線路にはりついている。「ふ」がわらっている。いやさかいやさか。ああ、ゆかいゆかい。「ふ」のワイフのビランビランが「ふ」のわらいに共振している。「ふ」のフェネゴがふくらむ。とおくに常動曲が聞こえる。意味をくりぬかれた無窮動が。わいている。青白い霧。

## xc

瀾の浜に瀕死のザトウクジラが目をあけてよこたわっていた。ザトウクジラは霧をみていた。視界はかすみ、消え、あるいは消えのこり、あるいはぽっと点るものがみえたりみえなかったりした。犬があるきつつ、かすんだ。

## xci

霧はすべてをまだらかにした。存在はもとよりすべてまだらかなのだ。存在はどうしても霧にもどろく。まぎれる。もどろかされる。霧は晴れなかった。三本肢の犬Zがつかれて息たえた。ついに。ついに。舌をだしてこときれた。モグラのぬいぐるみに頬をあてがって死んだ。Zはさいごにちいさな霧のかたまりをぽっとはいた。モグラのぬいぐるみにはもうかたちがなかった。なんのかたちでもなかった。なんのかたちでもないものに犬ははいっていった。Zは空き地の犬の小川をおもった。Zのなかの犬の小川はまだすこしながれていた。わたし、「ゐ」、「ん」、「て」、「あ」、「た」が、どうじに、Zの死をかんじた。犬の死はわたしたちにいっせいにかんじられた。Zはオートラオピオイドルミンをほぼくばりおえていた。犬も霧になった。

## xcii

歌がひくくながれている。いくるかいもなしとひとりさだめたりしものをしをもとしてすくいませる……。歌が消える。無蓋貨車がゆっくりとはしってくる。荷物は夕ンクだ。最新の101《ひとまるひとしき》式戦車だった。緑色の幌におおわれた戦車を一、二、三……、七両もつんでいる。戦争にいくのだ、戦争に。幌がけといっても砲身まではかくせていない。砲身はみな、進行方向と逆の空をむいている。レールがぎしぎしときしんだ。線路のちかくの路面もうねった。戦車をのせた貨車は高架橋をくぐっていく。ながく高くおおきな高架橋だ。見あげると、スチールグレイのおもくるしい橋が、逃れがたいさだめとしてやはり灰色の宙にうかんでいた。その中央に「飛《と》び降《お》り自殺禁止《じさつきんし》」とかかれた、ふりがなつきの看板がはってある。高架橋をみあげる者たちに、ここから下の鉄路にとびおりてはならない、と注意をかんきしているのである。高架橋のたもとで、「ん」はひとしきり戦車の列をながめてから、釣り具をいれた茶色のリュックサックを足もとにおき、ふっとため息をついた。この高架橋をわたるのははじめてである。階段はふつうの歩道橋よりもよほど高く段数もおおいので気もちがひるんだ。「ん」は線路ぞいの道を高架橋にむかいゆっくりとあるいていた。レールもバラストも、砂利をぬって生いしげるスギナも、ぬれて色をいとどこくしていた。ところどころに、やせこけたコビトの屍体があった。あんなに注意されているのに飛び降り自殺をするコビトたちがいる。空はどんよりとしていて、薄暮でもあり、明けがたの沼でもある。はるかむこうに赤白だんだらの巨きなクレーンが三基、上部がななめにかしいでいて、空から垂れてきている。いずれのクレーンもうごいてはいない。線路も路面もひかりを乱反射してきらめいていた。霧でこうなったのか、あるいは白内障がすすんでいるために風景がひかってみえるのか。「ん」はなぜ風景がこんなにもひかったり、りんかくがところどころにじんだりしているのか、いぶかりながらも、いちいちこだわっても詮ないとあきらめて、やはりぬれてひかっている跨線橋にむかって歩をすすめた。高架橋には、これはなにかの祭りなのだらうか、それとも道路交通上のきまりなのだろうか、淡いオレンジ色の電飾がほどこされている。電飾といっても、こちらがわの橋脚から橋げたをへてあちらがわの橋脚まで、電線は何本ものびているものの、電球の数はずいぶんまばらで、色もただ淡いオレンジ一色なのであり、それらは点滅もせずに曇り空にただぼうっとあいまいにともっているだけなので、すこしもはなやかでなく、むしろみすぼらしく、わびしかった。まばらなオレンジ色の点々はところどころ水気にうるみ、電球というより、熟れはぐれたホオズキであった。

## xciii

無蓋貨車がまたゆっくりとはしっていく。ゆれる。霧がふっている。霧がながれた。ながれたりげに霧はながれた。げに青くながれているのである。跨線橋がちかづいた。「ん」はまだその橋をわたったことがない。たぶん、わたったことがないとおもっているだけなのだ。そこからきたのかもしれないのに。橋のむこうは貧者の街だ。橋のこちらは狂者の街だ。橋が貧と狂とをつないでいる。オートラオピオイドルミンは貧者の街にも狂者の街にもじゅうぶんにはゆきわたっていなかった。橋をわたってそこにいく者も、そこから橋をわたってくる者も、みないうにいえない、ずゐぶんおもいわけがあった。そこで病む者も、死につつある者も、しかし、わけはだれにも問われなかった。いつも現象と結果だけがあった。まんべんなくそれらはあられた。現象と結果の縁をシデムシたちがはいまわった。原因と本質はどこにもなかりた。いつもなかりた。頭上からうつくしい歌声がながれてくる。こころがあらわれるじゃないか。橋上からだ。「や」がもどってきたのか。「や」ではない。「や」でなくてもよい。「ゑ」さんか。「ゑ」さんの首がうたっているのか。ではなゐ。橋のうえで気の触れた男がうたっているのだ。「ん」はおもう。なんだかこっけいだな。でも歌に歩調をあわせてみる。ラッシャー・キオ・ピアンガー・ミア・クルーダ・ソルテー・エ・ケ・ソスピーリ・ラ・リベルター……。ソプラノの、とてもゆったりした三拍子か三分の二拍子。とてもこっけいだった。やっぱり「ふ」を殺《や》っときゃよかったかな。あのエイプも。殺っても殺らなくてもおなじなら、殺ったほうがよかったのかな。どうせ、ゆきがけの駄賃だったのにな。ふふん、だめだ。おかしい。もういい。もういいのだ。

くばられた者たちはみんなオートラオピオイドルミンをのんだ。犬はじゅうぶんにがんばった。犬はもういなかった。三本肢の犬は霧になり、霧の空をあるいていた。モグラのかたちをなくしたモグラのぬいぐるみを口にくわえて。犬は青い霧になった。

## xciv

声がながれた。ホッカイドウトウホウノホクイヨンジュウゴドトウケイヒャクゴジュウゴドフウコウフウリョクフメイテンキフメイキアツニジュウヘクトパスカル……。声がながれる。三本肢の犬が空をゆっくりとあるいている。とんでいく。とんでゆく。さようなら。さようなら。さようなら。

## xcv

メドーセージが青々と、点々と散った。はらほろりと。霧はますますふりまさる。花弁と霧とは青く海原にふりまがい、その上空をびゅーびゅーと何百尾ものトビエイたちがとんでいるのだ。目をこらせば、まばらなホオズキの電飾が霧ににじんでいる。水平線にも端から端までホオズキの電飾がポツリポツリとならんでいる。おしなべてうちかすんでいる。のだが、みあげよう、みあげよう。ほら。ザトウクジラもあんなに巨きな霧のかたまりになって、上空を泳ぎはじめているのだ。はじまっている。おわっている。ながれている。もうはじまっている。もうおわっている。もうながれている。みんなすでにして船で灣をでて大海原にいる。だれもが怖いほど口をおおきくあけてわらっている。「て」が霧に刺青を彫っている。いっぱい、いっぱい、イカの胴に刺青をいれている。りにおちなひでよ、りにおちないひでよう、といっているのは、あれはきっと「な」なのであらう。いたしかたないのだ。みんなイカ釣りをしている。息子「む」は船首のほうにいて、イカを釣るふりをして、船尾のわたしに気づかぬふりをしている。「ゐ」も気づかないふりをする。それでよいよ。よひ。イカは透明なトウモロコシの色や半透明のアメ色をして、いっぱい、いっぱい、ぼーっぼーっと夜空に青白いひかりの穂をひいている。すぐちかくに朱砂色の水柱が何本も何本も何本もそびえたち、船がゆれた。歓声があがった。しずまると、犬の息がにおった。みんな絵入りランプにもどった。

＊　宮沢賢治「〔ながれたり〕」

# それはすでにはじまっている

沼野充義

作品集『霧の犬』が最初に単行本として出版されたのは二〇一四年のことである。今回、本書が岩波現代文庫に再録されるにあたって久しぶりに再読したが、時とともにアクチュアリティを失うことがないどころか、いっそう禍々しいまでの輝きを帯びていることに驚いた。世界が霧に包まれたようにぼうっとし、存在と非在の区別が溶解し、幽明の境が消失するような感覚に読者を引きずり込む「霧の犬」を表題作に掲げた作品集について、「輝き」という形容を用いるのは我ながら矛盾しているようにも思えるが、優れた作品はどんなに暗い世界を描いていても、内部から光を発するものではないか。

ミラン・クンデラは「霧のなかの道」というエッセイで、人間はいつの時代にも「霧のなかを進む者」であるのに、「うしろを振り返って過去の人々を裁こうとするとき」にはその霧は見えなくなってしまう、と言っている。しかし、私たちは振り返ってもはや「うしろ」が見えなくなっている。そして自分たちを包む霧の中から出ることができない。どこに進もうとしているのかも分からない。辺見庸が描くのは、そのような「霧」である。

本書は、最初に『文學界』に掲載された短編二編と、「まんげつ」「霧の犬」という二編の書下ろしによって構成されている。まずは収録された作品を順番に見ていきたい。なお、本書に収録された作品はどれも、書き出しでは状況や設定が謎めいているために読者にある種の負荷がかかり、読み進めていくうちにようやく事情が分かってくるといった書き方になっている。それゆえ、私がこれから書く解説も、「ネタバレ」になってしまう恐れがあって、そのような文章を先に読んでしまうと、まさに霧の中を進んでいくような読解そのもののプロセスが損なわれる恐れがあるということを、最初にお断りしておきたい。

最初に置かれた「カラスアゲハ」は、「野の果てか海の果てを、ふたりして裸でゆらゆら流れ」るかのように交わる男女の様子と、彼らが交わす言葉を描いている。初めのうちは、人物についても状況についても具体的なことが分からず、読者はいきなり「ずりあげ、さいなみ、さいなまれ、めくり、めくりかえされ、ときどき、迫りだし、もつれあい、またただよって……」といった、うねるような言葉の連続と、「さりさり」「ひょーひょー」「ぞうぞう」などと音を立てる植物をめぐる擬音語によって、語りの波の中に引き込まれるのだが、やがて、男女の情事を濃密に描いただけかと思われたテクストに驚くほど多様で重い歴史的コンテクストが埋め込まれていることが見えてくる。

二人の男女は初めのうち、交わる体位によって「上」「下」としか呼ばれない(最初は女が上で男が下だが、もちろん上下とは相対的なものだから、入れ替わり得る)。つまり、その意味ではこの二人は社会的な身分も個人的なアイデンティティも剝ぎ取られ、剝き出しの性(生)の営みを生きているのだが、やがて彼らにも平凡な日本人名があり、彼らは学校教員で、「大なゐ」(大地震)と大津波に襲われて多数の犠牲者を出した入り江の町の住人である、といったことが分かってくる。これも余計なことかもしれないが、作中で名指されることはないものの、ここで前提となっている大災厄とはもちろん、二〇一一年三月十一日に東北地方東岸を中心に襲った東日本大震災のことであり、宮城県石巻出身である著者の辺見氏はこの出来事を非常に重く受け止め、この後の彼の作品に大きな影を投げかけることになる。

辺見庸の語彙は多彩かつ多層的で、作品のテクストは方言、俗語、古語、専門用語から、意図的に文法を壊して作った破格の新造語に至るまで、「抵抗感」のある——多くの読者にすぐには理解されないようなものを含む——言葉に彩られているが、「カラスアゲハ」でまず目につくのは小説の言わば前提となる大災厄を指す「大なゐ」(歴史的仮名遣いで「おほなゐ」)である。ひょっとしたら現代でも方言でこの語を使っている地域があるのかもしれないが、これは鴨長明『方丈記』にも現れる、大地震を意味する古語である。『方丈記』は学校教科書などでは、仏教的な無常観を静謐に描いた好随筆として片づけられることが多いが、じつは戦乱、大火、竜巻、大地震、飢饉などの災厄を描いた「災害文学」の元祖であり、東京大空襲のさなかにその真価を発見した堀田善衞が後に『方丈記私記』を書き、その堀田善衞の著作を参照しながら辺見庸が三・一一をどう受け止めるべきか考えてきた、という一連の流れを考えると、「カラスアゲハ」における「大なゐ」という古語の使用も偶然や気まぐれではなかっただろうことが分かる。

「カラスアゲハ」の舞台となる地ではカナギッチョ(これも方言で、カナヘビというトカゲの一種を指す)が異常繁殖し、ヒトダマも飛び回ったという。震災の翌年の夏には、肉親を失った中学の男子生徒二人が喧嘩して、そのうちの一人が相手を斧で殺してから飛び降り自殺をするという事件が起きる。小型片手斧で同級生の頭をかち割るという凄惨な殺人を犯した生徒は、じつはいじめられっ子で、カラスアゲハはその彼がふだんからなりたいと思っていた存在だったのだ。

こういった震災後の出来事を思い出しながら、二人の教員の男女は性の営みの最中に、「討匪行」という昔の軍歌と、その卑猥な替え歌を口ずさむ、といった具合で、古語と卑語と方言が混然と溶け合って独特のアマルガムを作りだす。なお、「卑猥な替え歌」というのは、私ももちろん知らなかったので調べてみると、朝鮮人娼婦の立場から歌われた「満鉄小唄」というものであることが分かった。その歌詞は朝鮮人風に訛っており、いまではそれを引用することは朝鮮人の「崩れた日本語」を揶揄するものとして普通だったら避けるところではないかと思うが、辺見庸の言語感覚に支えられた小説の強度は、そのような「政治的正しさ」などものともしない。

次の作品「アプザイレン」の主題はいっそう強烈である。これも最初のうちは、主人公の「かれ」が誰で、どんな仕事をしているのか、まったく分からないまま語りが進行するし、そもそもタイトルの「アプザイレン」も登山家でないと知らない単語ではないかと思うが、親切な説明はない。これは登山の専門用語で、「懸垂下降」を意味するドイツ語である。それがこの小説の主題にどう関わっているかは、読み進めないと分からない。

この小説で主人公の「かれ」は「下」にいて、上から落ちてくる何かを受け止める役割をしなければならない。それが彼に与えられた業務らしい。しかし、やがて分かってくるのは、「かれ」がいるのは拘置所の中で死刑を執行する刑場であり、「かれ」は絞首刑の執行とともに死刑囚が上の階から、開いた刑壇を通って落ちてくるのを待ち受ける係を他の同僚たちとともに任命されたのである。刑務官たちはもちろん、このような仕事を淡々と片づけて平気であるわけではない。同僚の一人は、「人間として最低の仕事だ。下の下。最下等よ。最悪の仕事だよ」と吐露するほどだ。死刑の執行はいまでも日本という法治国家の枠内で行われ続けている合法的殺人だが、その実態が明るみに出されることはめったにない。殺人と死体を平和な社会生活を送る市民の目から隠すのが、文明社会の機能だからである。それゆえ、死刑執行の様子と、執行に携わる刑務官の心理をこのように克明に描いた作品は非常に珍しく、この作品は死刑制度の是非についての法学的な議論を展開しているわけではないが、「人知をつくした大がかりなしかけ」によって行われる死刑が残酷な殺人行為であることをこれほど強く訴えかける作品は稀なのではないか。世界で横行するテロ行為をまるで他人事のように非難するだけの政府が統治する文明国で、このようなことが行われているのはいったいどういうことなのか。改めて考えさせられた。

ちなみに脱線を承知で、自分の乏しい知見の範囲でだが、死刑について議論している興味深い文学作品の例を一つ付け加えておきたい。意外なことにロシアの亡命作家ナボコフの『賜物』という小説の第三章で語り手は、十九世紀ロシアの進歩的思想家チェルヌィシェフスキーを辛辣に揶揄しつつも、彼がいち早く死刑反対を唱えたことを指摘し、死刑を秘儀の機密性によって包むべきだという詩壇の大御所ジュコフスキーによる「むかつくほど慈悲深く、下劣なほど堂々とした提案」をばっさりと一笑に付したことを評価している。なんとジュコフスキーは「立ち会う者たちに処刑が見えないようにし(略)、囲いの向こうから荘厳な聖歌だけが聞こえるようにしなければならない、なぜならば死刑は人を感動させるべきものだからだ」と主張していた。

三番目の作品「まんげつ」は一転して、全編がひらがなで流れるように書かれた小品。句点が七か所しかなく、あとはすべて読点で区切られている。一種の散文詩的な幕間である。ここで関西弁の一人称で語る男は、送られてきたすっぽんの煮凝りを眺めながら、それに、かつて故郷で目撃した、山羊の出産の後に残された羊膜を重ね合わせる。こうして誕生の際の副産物(羊膜、胞衣《えな》)と、いわば生を透き通るまで煮詰めてしまった死体の究極の処理形である煮凝り料理が重ね合わされる。

そして最後に、この作品集の中で最大の中編「霧の犬」が来る。原稿用紙二〇〇枚を超える比較的長い作品だが、長さだけでなく、文体とイメージの力において凡百の作品を寄せ付けないようなところがある。九十五の短い章が積み重ねられていくものの、はっきりとしたプロットが読み取れるわけではない。表題が示唆するように、すべては霧の中にあるかのようで、霧はいたるところで「とほろとほろ」「しむしむ」「ましかませましましましか」と湧き、「ほどろほどろ」と降り続け、景色は「もどろ」であり、「はだら」である。「もうこわれてい」るかもしれないこの世界では、「であることは、でないこととさほどの異同はな」く、物事は「ある」「無い」とは言われず、「あられる」「無かれる」といった具合に文法的に破格の受け身で表現される。文章は時に独特のリズムを持ち、全編が改行のない(つまり九十五の断章のすべてが一段落ずつになっている)散文形式ではあるが、部分的には段落を砕いて行分けすれば、そのまま詩になる。例えば第lxviii章の一部は——

霧はたえず色をかえた。

三本肢の犬がこの霧のなかをあるいている。

そんな気配があった。

霧にはつなぎめがなかった。

霧には継起がなかった。
継起は霧に消された。
犬はあるいた。
わたしのなかの夜を犬があるいていた。
それははじまっていた。

といった具合である。

しかし、この作品の舞台となっている町(らしきもの)でいったい何が起こり、いまどうなっているのか、そして何度も「それははじまっていた」と繰り返される「それ」とは具体的に何を指しているのか、最後まで曖昧である。一貫して霧の中を三本肢の犬が歩き、主人公の男は足を洗われ続け、無蓋貨車が戦車を積んでどこかに走っていく。住人たちは「ふ」「む」「ゑ」「き」「ん」といったひらがな一文字で呼ばれているが、語り手の「わたし」はしばしば「ゐ」であるともされ、さらにいくつか他の個にも割れているようだ。ちなみに語り手の「わたし」が「ゐ」とも呼ばれるのは、やはり、本書冒頭の「カラスアゲハ」に出てくる「大なゐ」におけるひらがなの使い方と呼応するものではないか。

あちこちに手がかりとなる言及はある。戦車が貨車で運ばれていくのだから、どこかで戦争が準備されているのだろうし、街には人がまばらで「住民のおおくはすでに街からとおい他の地域」に「じしゅ(自主)移住」しているというのだから、大震災・原発事故の後の光景のようでもある。その他、恐怖党と呼ばれる右翼政党の暗躍、天皇を思わせる形象から、ひょっとしたら著者自身の入院・療養体験に基づくものではないかと思われるディテールや幻想があり、そして著者の偏愛を反映してのことか、犬を始めとするじつに多様な動物や魚や虫たちが霧の中を幻想的にうごめく――トビエイ、コビトカバ、ツチブタ、イボイノシシ、ザトウクジラ、シデムシ、アメフラシ、等々。

さらには宮沢賢治や石原吉郎などの詩人への隠された文学的レファレンスなども埋め込まれている。現代のことかと思って読んでいると、絵入りランプを売る「洋燈屋」というのも出てきて、いまどき「洋燈」などという古風な言葉が選ばれているのは、この言葉を印象的に使った宮沢賢治への密かなオマージュになっているのではないだろうか。作品の中心的なイメージをなす(最後まで謎めいている)「霧の犬」については、辺見庸が愛読した詩人、石原吉郎に「霧のなかの犬」という作品があり、明らかに呼び交わす関係になっている。

異様な作品だと言ってもいいだろう。言語実験と世界の崩壊が並行し、読者は霧の中に取り残される。最後までよく分からない(意図的な)曖昧さに満ちているため、普通の散文の言葉に翻訳して読まないと小説を読んだ気になれない読者にとっては難解ではあるが、これほどの言語的な手ごたえを持った実験的な作品は、いまの文芸界でめったにお目にかかれるものではない。この作品が提示している逆説は、崩れた世界を崩れかけた言語で描きながら、紛れもない新しい言語世界を創り出しているということだ。この作品に限らず、他の比較的短い作品もすべて異様に密度の濃い文体と、そこから立ち上る気迫の鋭さによって圧倒的である。おそらく並々ならぬ怒りと絶望を秘めながらも、それを抑えて作品を構築していこうとする意志から、これらの作品の類を見ない強度が生まれているのだろう。

それにしても「霧の犬」で繰り返される「それはもうはじまっていた」「おわっているのかもしれなかった」といった文章に現れる「それ」とは何だろうか。「じかんのおわりがはじまっている」という箇所もあるので、時間の終わり、つまり世界の終末ということだろうか。作品の最後のほうで、「ひとびとと動物たち」が(アメフラシやウズムシウミウシまで!)銭湯に集まって「集合写真」をとり、その後で街で時ならぬサンバカーニバルも行われるという、ここでは珍しく愉快な個所もあり、結末で人々は何かを逃れるように船で海に繰り出していくのだから、旧約聖書の「大洪水」

とノアの方舟伝説を踏まえているのかもしれない、などと思ったりもする。

いずれにせよ、三・一一の大災厄を踏まえた終末論的状況を暗示したものには違いないが、そう説明してしまうと、この複雑かつ難解な作品に対してあまりにも陳腐な説明に堕してしまうような気がする。作品集全体に通底する一つのモチーフについてここで付言しておけば、それは死体(屍体)である。文明はおぞましいものを、私たちの目につかないように隠す。しかし、時ならぬ感情の激発や突然襲い掛かる大災厄は隠されたものを私たちにつきつける。「カラスアゲハ」では大津波の結果死んだ夥しい人々の死体に読者は対峙し、「アプザイレン」では死体を人間がみずからの制度によって作りだす様子を描き、そして「霧の犬」では夥しい死体が散乱している気配があるが、もはや生と死は溶け合って区別がつかない。

私は『霧の犬』を、三・一一直後の状況よりも、二〇二〇年現在の日本の状況を思いながら再読した。新型コロナ禍に誠実に対応しない政治家たちの振る舞いに惑わされる人々の様子を見ながら、そして自分もまた惑わされる人々の一人として、それはすでにはじまっている、と思う。「それ」とは、国民全体が見当識を失ってしまったかのようないまの日本で進行している事態のことではないか。

(ロシア・ポーランド文学研究者)

本書は二〇一四年十一月、鉄筆より刊行された。

霧の犬——a dog in the fog

2021年2月16日　第1刷発行

著　者　辺見《へんみ》　庸《よう》

発行者　岡本　厚

発行所　株式会社　岩波書店
〒101-8002 東京都千代田区一ツ橋2-5-5

案内 03-5210-4000　営業部 03-5210-4111
https://www.iwanami.co.jp/

印刷・精興社　製本・中永製本


ISBN 978-4-00-602331-7　Printed in Japan

# 岩波現代文庫創刊二〇年に際して

二一世紀が始まってからすでに二〇年が経とうとしています。この間のグローバル化の急激な進行は世界のあり方を大きく変えました。世界規模で経済や情報の結びつきが強まるとともに、国境を越えた人の移動は日常の光景となり、今やどこに住んでいても、私たちの暮らしは世界中の様々な出来事と無関係ではいられません。しかし、グローバル化の中で否応なくもたらされる「他者」との出会いや交流は、新たな文化や価値観だけではなく、摩擦や衝突、そしてしばしば憎悪までをも生み出しています。グローバル化にともなう副作用は、その恩恵を遥かにこえていると言わざるを得ません。

今私たちに求められているのは、国内、国外にかかわらず、異なる歴史や経験、文化を持つ「他者」と向き合い、よりよい関係を結び直してゆくための想像力、構想力ではないでしょうか。

新世紀の到来を目前にした二〇〇〇年一月に創刊された岩波現代文庫は、この二〇年を通して、哲学や歴史、経済、自然科学から、小説やエッセイ、ルポルタージュにいたるまで幅広いジャンルの書目を刊行してきました。一〇〇〇点を超える書目には、人類が直面してきた様々な課題と、試行錯誤の営みが刻まれています。読書を通した過去の「他者」との出会いから得られる知識や経験は、私たちがよりよい社会を作り上げてゆくために大きな示唆を与えてくれるはずです。

一冊の本が世界を変える大きな力を持つことを信じ、岩波現代文庫はこれからもさらなるラインナップの充実をめざしてゆきます。

（二〇二〇年一月）